日本文学の統計データ分析

伊藤　和光

東京図書出版

はしがき

筆者は、病院に週5日勤務しながら、休日などに日本文学の勉強を続けてきました。

本書は、日本文学に関する筆者の「論文集」です。すなわち、その中で俵万智と現代日本文化、谷川俊太郎と日本の詩歌、および、芭蕉連句の統計データ分析などに関して、論述しています。合計4本の論文を、1冊にまとめました。いずれも、未発表の原稿です。

これらの論文では、「統計学的な研究」と「伝統的な研究」を統合した、「文理融合的」な研究を目指しております。

このような日本文学に関する研究は、今のところ発表する場がないと思われたため、本を出版するにいたった次第です。

なお、東京図書出版には、大変お世話になりました。
心より、感謝申し上げます。

Acknowledgments:
I would like to thank Editage (www.editage.jp) for English language editing.

日本文学の統計データ分析 ◇ 目次

第一部　俵万智と現代日本文化

日本文学を通した文化研究の試み(1)
―俵万智と現代日本文化―

要旨：

筆者は「伝統的」な研究と「統計学的」研究を統合した「文理融合的」研究を目指している。

本研究の目的は、日本文学を通して、現代日本文化の特徴を明らかにすることである。そのため、ベストセラーとなった俵万智『サラダ記念日』を主たる研究対象とした。そして、俵万智『チョコレート革命』、金原ひとみ『蛇にピアス』、『源氏物語』との比較検討を行った。

その結果、以下の点が明らかになった。

(1) まず、新しい試みとして、前記四者の総括的把握を行った。すなわち、四者に関する一問一答式の調査を行った。その結果得られた（1，0）形式のデータは、一般的なアンケート調査の結果と同じデータ形式である。そこで、アンケート調査の分析で広く用いられている数量化理論（数量化3類）を使用して分析した。そして、似ているもの・異なるものの関係性を示すポジショニングマップを作成した。『源氏物語』は第四象限にあり、『サラダ記念日』と内容的に比較的よく似ている。ただし原点に近く、バランスのとれた内容とも言えることなどが分かった。

(2) 次に、俵万智の内在的構造を考察した。すなわち、俵万智『サラダ記念日』と『チョコレート革命』『かぜのてのひら』を比較した。二つの対極的な恋愛があること、またその中間点では微妙な心のひだを描いていることが見出された。

(3) また、金原ひとみ『蛇にピアス』との比較により現代日本人の共時的構造を考察した。「言いようのない不安」からの「救い」を求める心性、それが現代日本文化の「共時的構造」であることが示唆された。

(4) さらに、『源氏物語』との比較により日本人の通時的構造を考察した。『源氏物語』には、これまで見てきた三つの作品すべてに共通する要素が、一つの作品に凝集されている。日本文化の「通時的構造」の一端、深層心理の一部が、そこには垣間見られたかもしれない。最後に、『源氏物語』に関する研究のいくつかとの照合作業を行った。

以上の4点から本稿では、「現代日本文化は相矛盾した葛藤を内包した多面的なものである」という提言を提示したいと思う。

1 はしがき

筆者は、「伝統的」な研究と「統計学的」研究を統合した「文理融合的研究」を目指している。二つの方法には、それぞれ、一長一短がある。両者は、相互補完的であるべきだと筆者は考えている。

本研究では、現代短歌を代表する俵万智の文理融合的研究を行う。特に、俵万智における恋愛観の構造を明らかにしたい。

そこで、1987年度に全てのジャンルを含む年間ベストセラー第1位となった、俵万智の代表作『サラダ記念日』を主たる研究対象とした。そして、10年後に刊行された俵万智『チョコレート革命』、現代日本文学を代表すると思われる金原ひとみ『蛇にピアス』、古典文学を代表する『源氏物語』と、『サラダ記念日』を比較検討する。(1)

それにより、現代日本文化の特徴を明確化したいと考えている。すなわち、日本文学を通した文化研究の試みを行いたいと思う。

第2章ではまず、前記の四者に関する一問一答式の調査を行う。その結果得られた（1，0）形式のデータは、一般的なアンケート調査の結果と同じデータ形式である。そこで、アンケート調査の分析で広く用いられている数量化理論（数量化3類）を使って統計データ分析を行う。そして、ポジショニングマップを作成する。

第3章では、次に俵万智『サラダ記念日』と『チョコレート革命』『かぜのてのひら』の本文を比較する。俵万智の内在的構造を考察する。

第4章では、さらに俵万智と、現代日本における若者文化を代表する金原ひとみ『蛇にピアス』を比較する。現代日本人の共時的構造を考察する。

第5章では、俵万智・金原ひとみと、日本の古典文化を代表する『源氏物語』の本文を比較する。日本人の通時的構造を考察する。

なお、第2章の統計データ分析（数量化3類）は、アドインソフトを使用してパソコンで行った[2]。

最後に、この論文で取り上げた『サラダ記念日』『蛇にピアス』『源氏物語』は、それぞれ短歌・小説・物語と、ジャンルが全く異なっている。

しかしながら、筆者はある意味、素朴な日本文学愛好家であり、特にジャンルを絞って作品を読み込んでいるわけではない。

すなわち『サラダ記念日』は、大ベストセラーとなった歌集であり、話題になった当時から、筆者は興味を持って読んでいた。

また、『蛇にピアス』は、金原ひとみのデビュー作であり、現代に生きる若者の姿を鋭く描いた稀有な作品として、芥川賞を受賞した頃から読んで感激した。

さらに、『源氏物語』は、古典中の古典であり、筆者が若い頃から読み続けている。

以上の理由から、日本文学を代表する三つの作品として、この論文ではこれら三作品を、主に研究し比較・考察する対象とした。

2 数量化3類によるポジショニングマップの作成

この章では、俵万智『サラダ記念日』と、『チョコレート革命』・金原ひとみ『蛇にピアス』・『源氏物語』の総括的把握を行いたい。

ここでは、前記の四者に関する一問一答式の調査を行った。これは筆者が立てた項目に基づき、筆者自身が分類をするという文学研究においては伝統的な方法である。その結果、（1，0）形式のデータが得られた。これは一般的なアンケート調査の結果と同じデータ形式であることから、アンケート調査で広く用いられている数量化理論（数量化3類）により、統計データ分析を行った。そして、似ているものと異なるものの関係性を示すポジショニングマップを作成した。

質問は、作品の内容を鑑みて、設定した。なお、分析結果を見た後で、質問項目を変更・調整することは、一切していない。

⑴ 総合的分析

まず、総論的質問と内容についての質問、すなわち総合的分析を行う。

調査の項目は、以下のとおりである。

A 総論的質問

⑴作者は女性か？ ⑵現代と同時代の作品か？ ⑶物語か？ ⑷詩歌を含むか？

⑸映画化されたか？　⑹作者は当時、既婚者か？　⑺作者には当時、子がいたか？

B　内容について

⑻登場人物の死、⑼身体改造、⑽政治的陰謀、⑾家父長制、⑿恋愛、⒀犯罪、⒁求婚、⒂不倫

調査による結果は、YES＝1、NO＝0と変換した。すなわち、（1，0）形式のデータが得られた。データは、以下のとおりである。

『サラダ記念日』：
（1、1、0、1、0、0、0、0、0、1、1、0、1、0）
『チョコレート革命』：
（1、1、0、1、0、0、0、0、0、0、1、0、0、1）
『蛇にピアス』：
（1、1、1、0、1、0、0、1、1、0、0、1、1、0、0）
『源氏物語』：
（1、0、1、1、1、1、1、1、0、1、1、1、1、1、1）

これらのデータは一般的なアンケート調査の結果と同じデータ形式であることから、アンケート調査の分析で広く用いられている「数量化3類」によって、統計データ分析を行った。

すなわち、ポジショニングマップを作成した。これにより、類似しているもの、類似していないものの関係が把握できる。

結果は、表1・図1・図2のようになった。

表1から、第1軸と第2軸は、次のような特徴を持つ。

（A）第1軸は、

質問⑷詩歌を含むか？　で、寄与が小さい。

質問⑼身体改造、⑶物語か？　⑻登場人物の死、⒀犯罪で、寄与が大きい。

（B）第2軸は、

質問⑼身体改造で、寄与が小さい。

質問⑹作者は当時、既婚者か？　⑺作者には当時、子がいたか？　⑽政治的陰謀で、寄与が大きい。

表1　四者の結果・総合

	第1軸	第2軸
固有値	0.342792	0.265691
カテゴリー数量		
質問(1)	−0.41352	−0.54045
質問(2)	−0.71412	−1.4679
質問(3)	1.339682	0.014566
質問(4)	−1.28171	0.016992
質問(5)	1.339682	0.014566
質問(6)	0.488295	2.24191
質問(7)	0.488295	2.24191
質問(8)	1.339682	0.014566
質問(9)	2.191069	−2.21278
質問(10)	0.488295	2.24191
質問(11)	−0.86046	0.876988
質問(12)	−0.41352	−0.54045
質問(13)	1.339682	0.014566
質問(14)	−0.86046	0.876988
質問(15)	−0.81797	0.269455
サンプル数量		
サラダ	−1.29346	−0.25151
チョコレート	−1.2437	−0.87782
蛇にピアス	1.282836	−1.14058
源氏物語	0.285889	1.155597

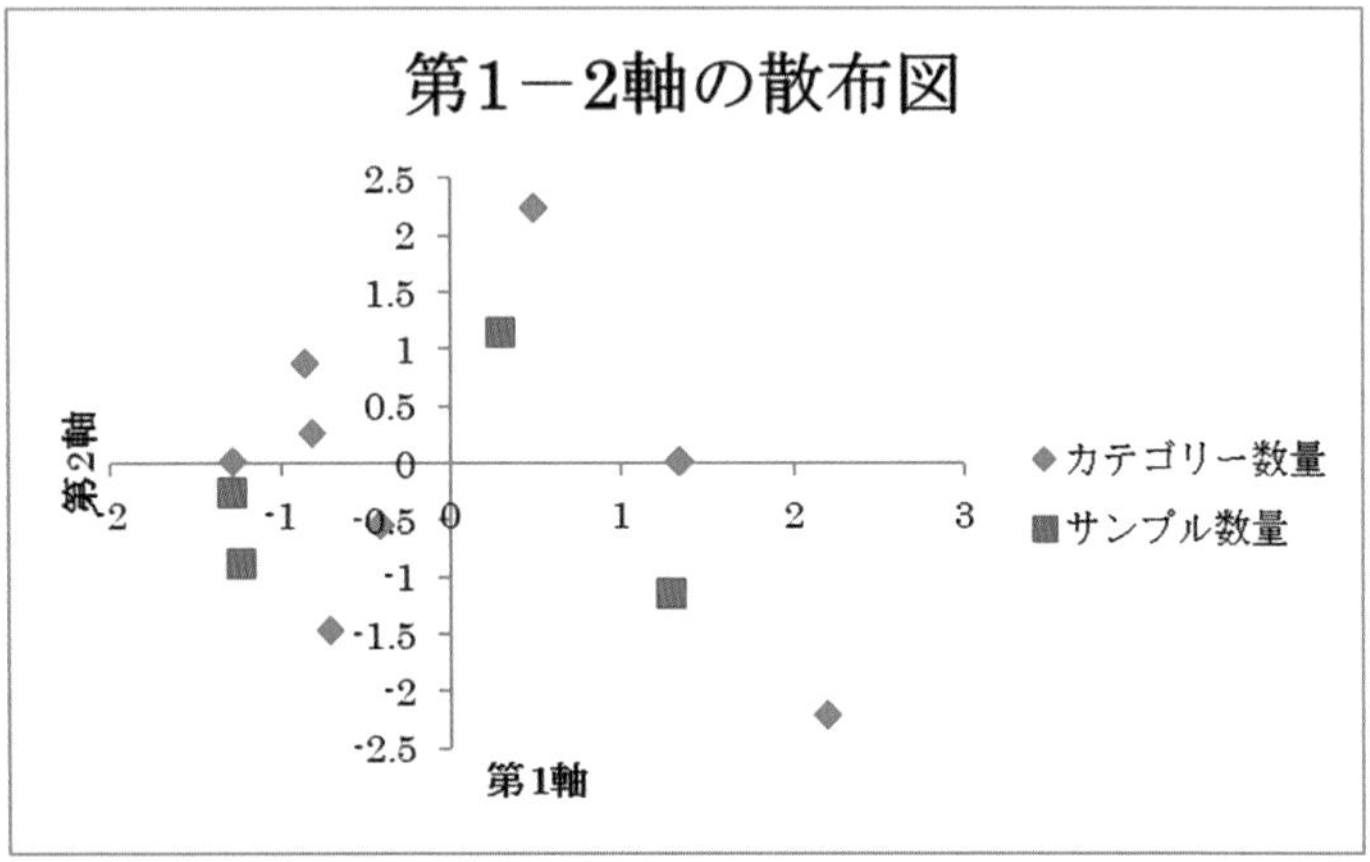

図１　四者の散布図（総合）

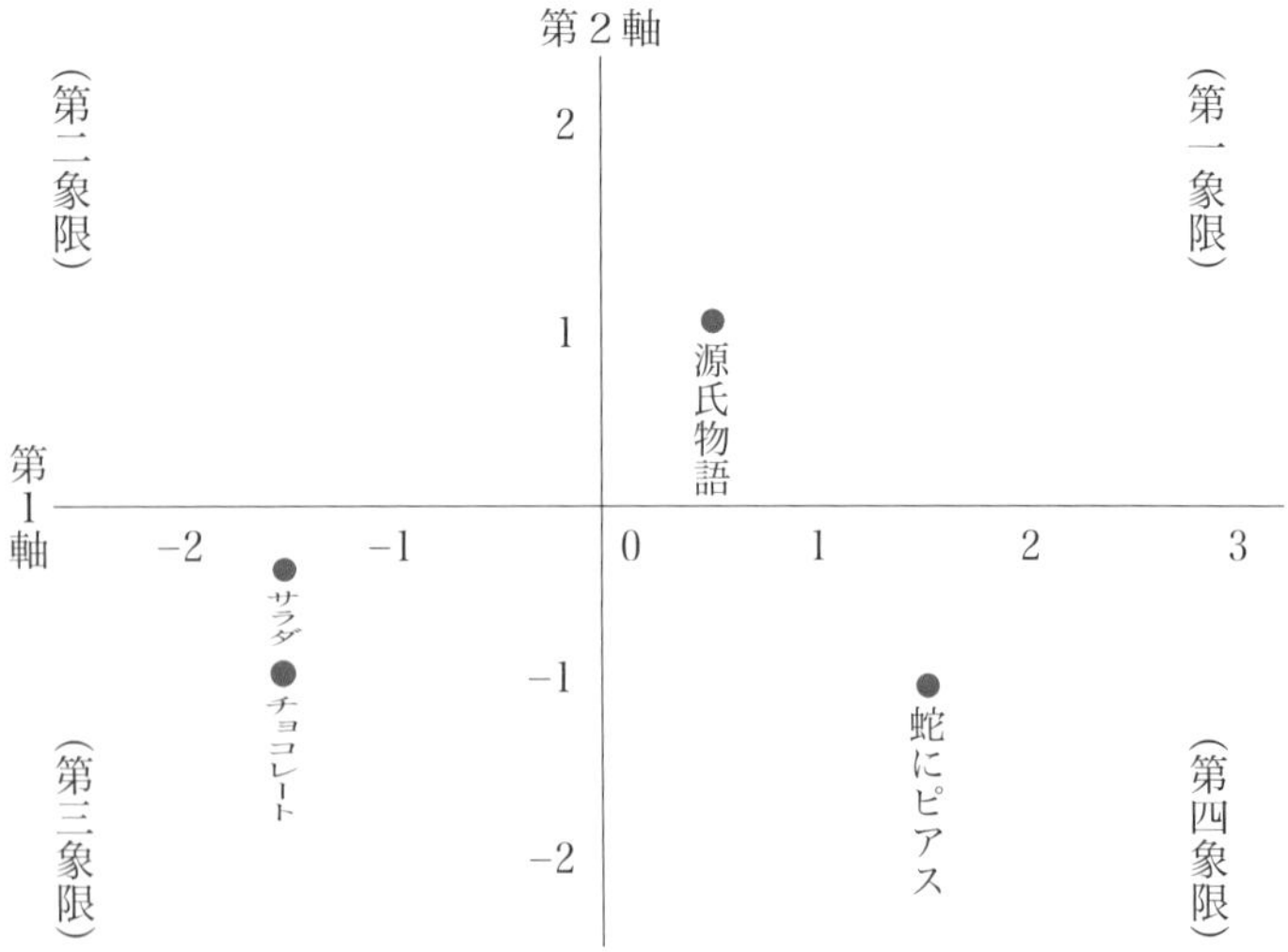

図２　四者の模式図（総合）

その結果、次のように解釈される。
（1）第1軸は、
総論的には「物語の軸」
内容的には「身体改造・登場人物の死・犯罪の軸」
と推測される。
（2）第2軸は、
総論的には「作者が既婚者・子持ちの軸」
内容的には「政治的陰謀の軸」
と推測される。

総合的分析により、
（A）『サラダ記念日』と『チョコレート革命』は第三象限にあり、総合的には比較的よく似ている。
（B）『蛇にピアス』は第四象限にあり、それらとは総合的にかなり異なっている。
（C）『源氏物語』は第一象限にあり、三者とは総合的にさらに異なっている。

ここにおいて、
第1軸は、
総論的には「物語の軸」
内容的には「身体改造・登場人物の死・犯罪の軸」
と推測される。

第2軸は、
総論的には「作者が既婚者・子持ちの軸」
内容的には「政治的陰謀の軸」
と推測される。

以上のことが、分かった。

(2) 内容に関する分析

次に、総論的質問は除外して、内容についての質問だけに関する分析を行う。

調査の項目は、以下のとおりである。

B　内容について

⑻登場人物の死、⑼身体改造、⑽政治的陰謀、⑾家父長制、⑿恋愛、⒀犯罪、⒁求婚、⒂不倫

調査による結果は、YES＝1、NO＝0と変換した。すなわち、(1，0)形式のデータに変換した。データは、以下のとおりである。

『サラダ記念日』：
(0、0、0、1、1、0、1、0)
『チョコレート革命』：
(0、0、0、0、1、0、0、1)
『蛇にピアス』：
(1、1、0、0、1、1、0、0)
『源氏物語』：
(1、0、1、1、1、1、1、1)

これらのデータから、アンケート調査の分析で広く用いられている「数量化3類」によって、統計データ分析を行った。

すなわち、ポジショニングマップを作成した。これにより、類似しているもの、類似していないものの関係が把握できる。

結果は、表2・図3・図4のようになった。

表2から、第1軸と第2軸は、次のような特徴を持つ。

（A）第1軸は、
質問(9)身体改造で、寄与が小さい。
質問(11)家父長制、(14)求婚で、寄与が大きい。

（B）第2軸は、
質問(11)家父長制、(14)求婚で、寄与が小さい。
質問(15)不倫で、寄与が大きい。

その結果、次のように解釈される。

（1）第1軸は、

表２　四者の結果・内容

	第１軸	第２軸
固有値	0.443132	0.290913
カテゴリー数量		
質問(8)	−1.02603	−0.26175
質問(9)	−2.47273	−0.32175
質問(10)	0.420673	−0.20175
質問(11)	1.064149	−1.15814
質問(12)	0.14181	0.47085
質問(13)	−1.02603	−0.26175
質問(14)	1.064149	−1.15814
質問(15)	0.666174	2.159835
サンプル数量		
サラダ	1.136734	−1.1405
チョコレート	0.606885	2.438693
蛇にピアス	−1.64605	−0.17354
源氏物語	0.280034	−0.10882

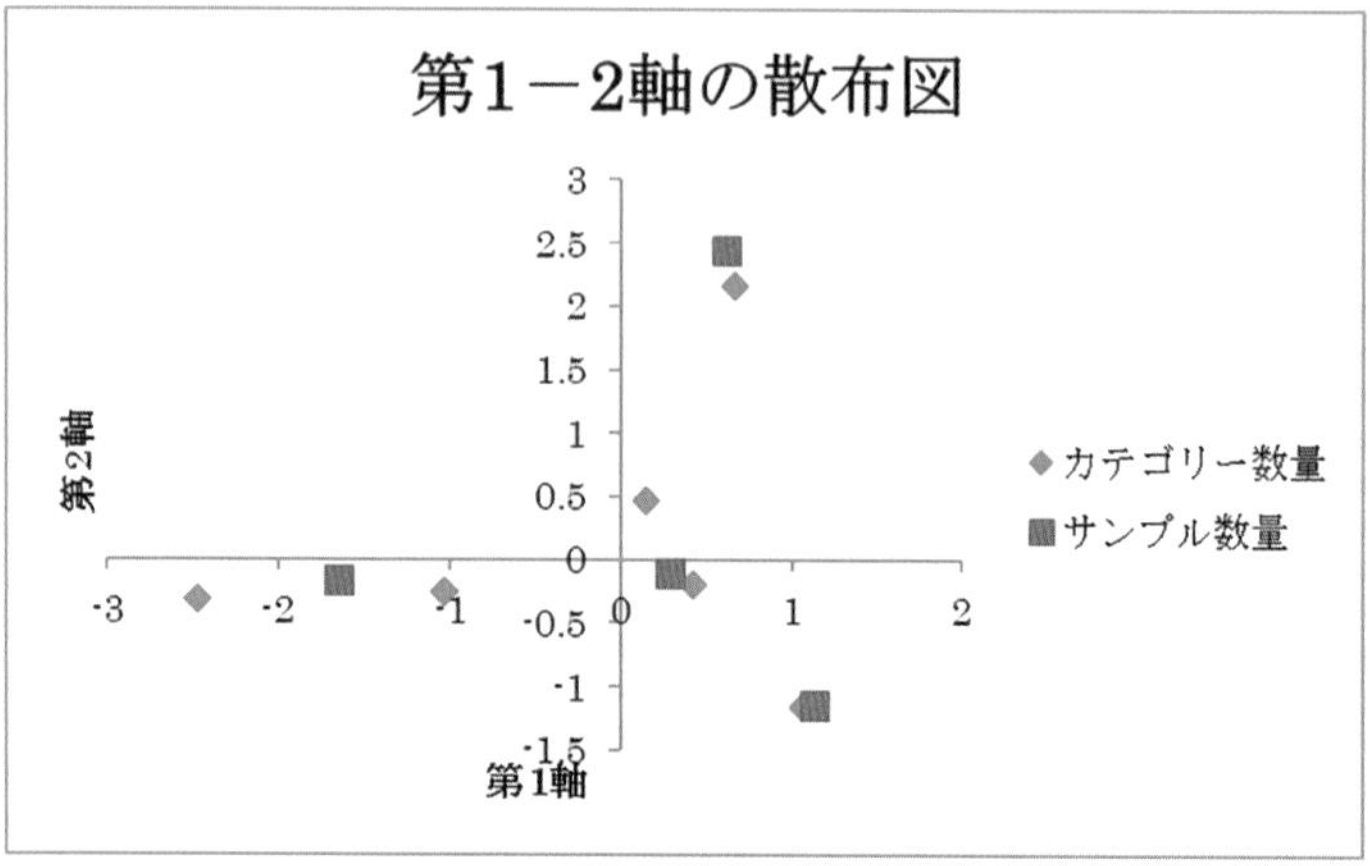

図３　四者の散布図（内容）

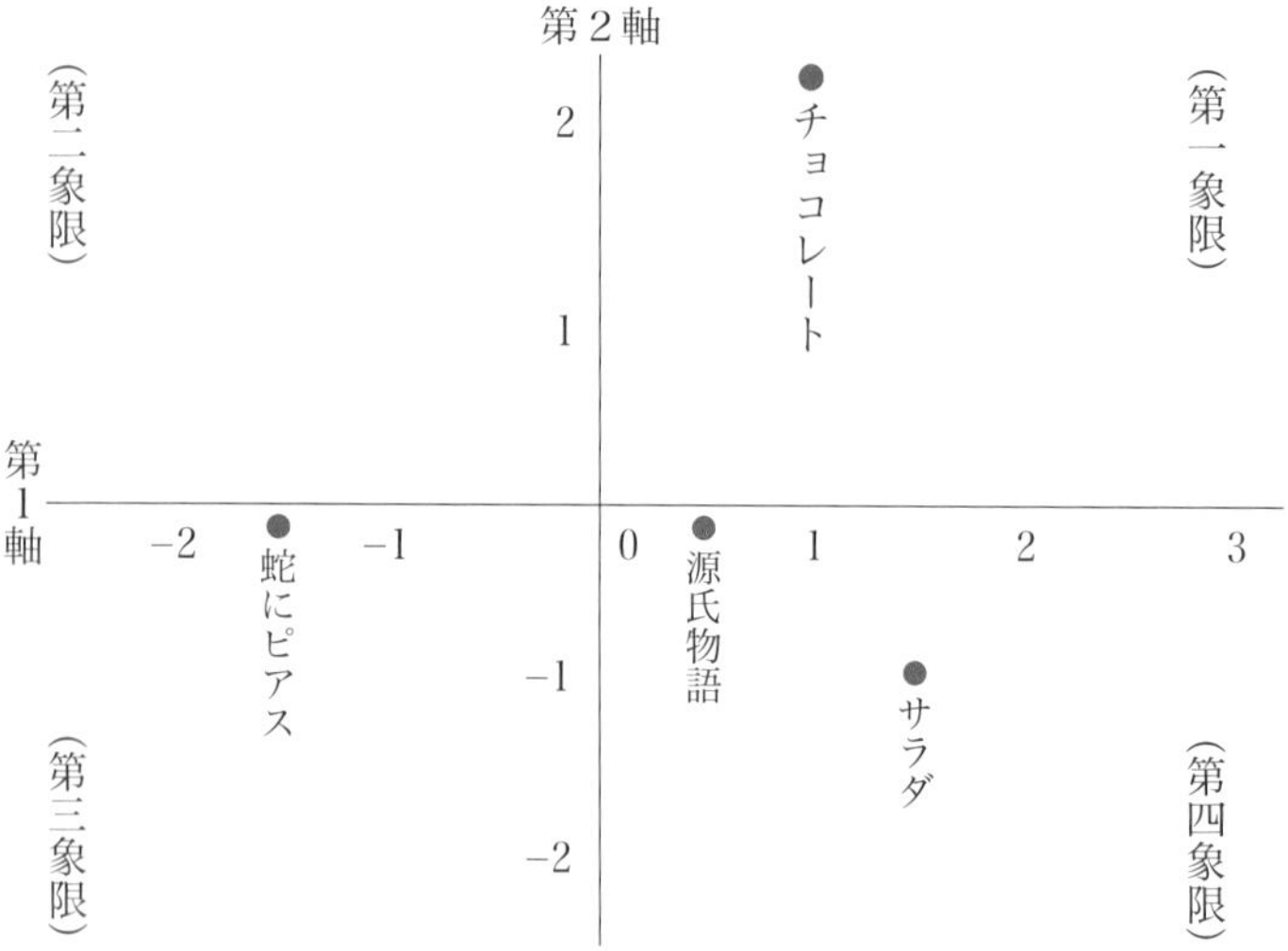

図４　四者の模式図（内容）

内容的には「家父長制・求婚の軸」と推測される。

（2）第2軸は、

内容的には「不倫の軸」と推測される。

内容に関する分析により、

（D）『サラダ記念日』は第四象限に、『チョコレート革命』は第一象限にあり、内容的にはかなり異なっている。

（E）『蛇にピアス』は第三象限にあり、それらとかなり内容的に異なっている。

（F）『源氏物語』は第四象限にあり、『サラダ記念日』とは内容的に比較的よく似ている。ただし原点に近く、バランスのとれた内容とも言える。

ここにおいて、

第1軸は、

内容的には「家父長制・求婚の軸」

と推測される。
第2軸は、
内容的には「不倫の軸」
と推測される。

以上のことが、分かった。

ここまで、「統計学的」研究により、四者の総括的把握を行った。
次章からは、伝統的な「解釈と鑑賞」という方法により、考察をより深めていきたい。

3 俵万智『サラダ記念日』と『チョコレート革命』『かぜのてのひら』の比較

第3章では、俵万智『サラダ記念日』と『チョコレート革命』『かぜのてのひら』の比較を行う。俵万智の内在的構造について考察したい。

俵万智は、1962年生まれ。父は、希土類磁石研究者の俵好夫氏である。早稲田大学を卒業後、彼女は高校の国語教員となった。その後、男児を出産して、シングルマザーとして活動している。

(1)『サラダ記念日』について

『サラダ記念日』は、俵万智の第一歌集である。１９８７年度に、全てのジャンルを含む年間ベストセラー第1位となった。２８０万部の売り上げを記録している。当時、社会現象になったことを、筆者もよく記憶している。現代の古典とも言えると思う。

俵万智は、誰しもが経験する日常の中に題材を見出し、簡潔な分かりやすい言葉で心に響く短歌を表現している、稀有な歌人と言えるだろう。

(1)「この味がいいね」と君が言ったから七月六日はサラダ記念日――（１２７頁）

これは代表作である。

この作品に出てくる「君」すなわち彼氏は、『サラダ記念日』の中では様々な場面で登場している。

(2)「嫁さんになれよ」だなんてカンチューハイ二本で言ってしまっていいの――(34頁)

これも有名な作品である。

ささやかな日常、何気ない言葉、その中にさりげなく幸せを感じる――私たちが『サラダ記念日』に共感するのは、そういった日々のスケッチから、私たちにとって一番大切なものは何かを教えてくれるためなのかもしれない。

(3)「また電話しろよ」「待ってろ」いつもいつも命令形で愛を言う君――(18頁)

時に、家父長的な彼の側面に、彼女は戸惑ってしまうこともある。

(4)「おまえオレに言いたいことがあるだろう」決めつけられてそんな気もする――(55頁)

現代日本において、家父長制の意識は根強い。例えば、上野千鶴子氏によれば、男女平等を掲げた「全共闘」においても、内部は家父長制的であり、彼女は「おにぎり」を作らされたりしたそうである。
『サラダ記念日』における、これらの作品には、彼女の戸惑いが垣間見られる。
また、次のような作品もある。

(5)　潮風に君のにおいがふいに舞う　抱き寄せられて貝殻になる――（33頁）

これは、初々しい恋のエピソードを定型化した作品である。
さらに、以下のような作品もある。

(6)　陽の中に君と分けあうはつなつのトマト確かな薄皮を持つ――（１０４頁）

(7)　サ行音ふるわすように降る雨の中遠ざかりゆく君の傘――（１１８頁）

これらは、新しい感覚と新鮮な技法が光る作品群である。
以上、『サラダ記念日』から、恋に関する作品について、代表例を挙げて説明した。

なお、統計数理研究所は、50年間にわたり「日本人の国民性調査」を行った(3)。その結果などから、現代日本人には、「私生活を優先する価値観」、「一番大切なのは家族」、「身近な人たちとなごやかな毎日を送る」、「家族と一緒に過ごす時間を長くとりたい」という傾向があることが分かっている。

これは、俵万智『サラダ記念日』がベストセラーとなった背景にあるのではないかと推測される。

すなわち、『サラダ記念日』においては、初々しい恋が日常的なエピソードにのせて分かりやすい言葉で、さらりと描かれている。

そこには、平穏な日々、身近な人と過ごすなごやかな毎日、一番大切なのは家族といった価値観が、基調音として流れていると考えられる。

ここにおいて、俵万智『サラダ記念日』が、現代日本人の生活傾向とまさに合致したものであること、そして時代精神を代表する作品であることが、見て取れるように思う。

現代の日本人、そして、現代日本文化に関する特徴の一端が、ベストセラーとなった俵万智『サラダ記念日』には凝集されていると考えられる。

また、このような私生活を優先する傾向の根底には、どこかしら不安な心性があるのかもしれない。

⑵『チョコレート革命』について

『サラダ記念日』から10年後、１９９７年に刊行された『チョコレート革命』においては、それまでとはかなり異なった恋愛観が表現されている。『サラダ記念日』とは相矛盾する葛藤が、作者の中に生じていたのかもしれない。

『チョコレート革命』は、俵万智28歳から34歳までの歌集である。特に、不倫を匂わせるものが多い。代表例を挙げる。

⑴　チョコレートとろけるように抱き合いぬサウナの小部屋に肌を重ねて――（10頁）

官能的な大人の性愛、それが生々しい表現となっている。

⑵　真夜中の留守番電話に愛を言う男の声を見下ろしており――（34頁）

直接的に愛を語れない夜の苛立ち、そして、その発露、それが垣間見られる。

(3)「愛は勝つ」と歌う青年　愛と愛が戦うときはどうなるのだろう――(129頁)
正妻の愛と自分の愛、二つの愛の行方に関する不安、それがテーマとなっている。

(4) ベーグルパン置かれる朝の食卓に勝てぬシャンパンを冷やしつづける――(15頁)
正妻への対抗心、また、虚しさ、それが表現されている。

(5) 簡潔に君が足りぬと思う夜　愛とか時間とかではなくて――(19頁)
会えない夜の空虚感、ただただ、それが言及されている。

(6) はじまりと思いたけれどおしまいとなるかもしれぬ夜を抱かれる――(72頁)
将来の見えない愛に関する不安、そして、躊躇、それが述べられている。

(7)　知られてはならぬ恋愛なれどまた少し知られてみたい恋愛――(142頁)

人知れぬ恋愛に対する戸惑い、と同時に、それが真実の愛であるという自負心、それが詠まれている。

以上のように、『チョコレート革命』では、大人の性愛・不倫がテーマとなっている。そして、それに伴う不安、躊躇、苛立ち、自負心、戸惑い、空虚感、対抗心、虚しさなどが、描かれている。すなわち、愛を貫く女性の抱えている相矛盾する心理・葛藤が、赤裸々に表現されている。

『サラダ記念日』においては、初々しい恋が日常的なエピソードにのせて分かりやすい言葉で、さらりと描かれている。

それに対して、『チョコレート革命』では、性愛や不倫に伴う相矛盾する心理・葛藤が赤裸々な表現で詠まれている。

二つの対極的な恋愛が、俵万智の現代短歌において見出すことができる。

俵万智『サラダ記念日』は、１９８７年度に全てのジャンルを含む年間ベストセラー第1位となった歌集である。時代精神を代表するものとして、現代日本文化の特色を探る手がかりになるものであると思う。そのため、筆者は『サラダ記念日』を本研究の主たる研究対象とした。

初々しい恋、日常的なエピソード、分かりやすい言葉、さらりと描かれている作風、これらの中には、私たちの共感を呼ぶ要素が多数含まれているのだろうと思う。

第2章の統計データ分析により、『サラダ記念日』と『チョコレート革命』は、総合的分析では比較的よく似ているが、内容に関する分析ではかなり異なっていることが分かっている。

ここまで、その相違点の一端を考察した。

⑶『かぜのてのひら』について

ここで、俵万智の第二歌集『かぜのてのひら』について言及しておく。[4]

『かぜのてのひら』（１９９１年）は、俵万智24歳から28歳までの歌集である。おおむね、この時期彼女は、高校教師として4年間働いていた。

誰もが経験するように、社会人の生活は、平凡な一日の繰り返しである。それが、一週間の繰り返し、一カ月の繰り返し、一年の繰り返しとなる。その中で、生活の陰影・逡巡・戸惑いが徐々に、しかし、確実に心の変化を生じさせていく。


第二歌集『かぜのてのひら』には、派手な要素はない。

第一歌集『サラダ記念日』では、淡い恋心が日常のエピソードにのせて、さりげなく表現されていた。

それに対して第三歌集『チョコレート革命』では、大人の性愛が不倫ともとれる歌となり、むしろそれが真実の愛であると自信を持って詠まれてもいた。

それらの中間にあって第二歌集では、恋の歌も、日常の気持ち・父や母・高校教師の日々・旅行に関する短歌などと相まって、微妙な陰影や心のひだを表現したものとなっている。


恋に関する歌の代表例を挙げる。

(1)　百枚の手紙を君に書きたくて書けずに終わりかけている夏――(8頁)

(2)　夢十夜どうせ結ばれないのならあねおとうとの神話を描く――(10頁)

(3)　階段を昇るあなたの足音の前奏曲として雨の音――(11頁)

「百枚の手紙を君に書けない」私は、「どうせ結ばれない」恋を想い、「階段を昇るあなたの足音」の前の雨音にかすかな期待を抱いている。『かぜのてのひら』には、派手な要素はない。ここでは、微妙な陰影や心のひだを表現している。

(4)　待つという香辛料をふりかけてほうれん草のグラタンを焼く――(11頁)

(5)　あきあかねなべてつがいで飛ぶ浜に二人が二人であることを思う――(13頁)

(6)　札幌の朝に気化してゆく言葉　歩きすぎてるあなたと私――(14頁)

(7)　恋という自己完結のものがたり君を小さな悪党にして――(16頁)

ここでもまた彼女は、「待つという香辛料をふりかけて」グラタンを作り、「なべてつがいで飛ぶ浜」に二人を想い、「札幌の朝に気化してゆく言葉」から恋の行く末を思う。「恋という自己完結のものがたり」の中で、生活の陰影・逡巡・戸惑いが、徐々に心の変化を生じさせていく。

そして、このような恋心も、歌集の後半になると、終わりをむかえる。

(8)　我という銀杏やもとにちりぬるを別れた人からくるエア・メール――(140頁)

(9)　おしまいにするはずだった恋なのにしりきれとんぼにしっぽがはえる
――(141頁)

「別れた人」に対する未練もあり、「おしまいにするはずだった恋」の余韻が漂ってもいる。

しかしながら、また、新しい恋心が彼女には生まれてくる。

⑽ いつのまにか吾を呼びすてる男いてフルーツパフェを食べさせたがる

——（162頁）

⑾ わたしにいかなる隙のありてかく激しき胸に抱かれている——（167頁）

「いつのまにか吾を呼びすてる男」との出会いから、「激しき胸に抱かれている」自分にも戸惑いを感じている。

このように『かぜのてのひら』では日常の微妙な陰影や心のひだが描かれている。それらが、心の変化を生じさせている。

以上、この章では、俵万智の第一歌集・第三歌集・第二歌集から代表例を示しつつ、俵万智が持つ内在的構造の一端を概説した。

4 現代日本における若者文化を代表する金原ひとみ『蛇にピアス』との比較

第4章では、俵万智と、現代日本における若者文化を代表する金原ひとみ『蛇にピアス』を比較する。現代日本人の共時的構造を考察する。

(1) 金原ひとみという作家について

金原ひとみは、1983年生まれ。父親は、翻訳家・児童文学研究家の金原瑞人氏である。2005年に結婚し、長女・次女を出産後、彼女はフランスで生活していた。その後、2018年以降は、日本で精力的に活動している。

「金原ひとみ」という作家は、現代日本文学を代表する作家として、日本文学の歴史にその名を刻むであろうと、筆者は考えている。

金原ひとみは現代日本に生きる切実な苦悩を赤裸々に描いている作家である。現代の日本社会を反映した独特の世界観を、彼女は作品の中で展開している。

彼女は、小学校4年生で不登校になり、中学・高校はほとんど通学していない。父・金原瑞人氏からは、最近になって「子どもが向いていない人ってたまにいるんだよな」と言われたそうである。

彼女は12歳のころから、小説を書き始めている。彼女にとって、書くことは、生きるということと同義語であり、生をつなぎとめておく重要な手段であったと想像される。

(2) 身体改造について

『蛇にピアス』は、金原ひとみの「デビュー作」である。

デビュー作は、ある意味、作者の想いが凝集された作品と言えるのかもしれない。

「『スプリットタンって知ってる?』そう言って、男は蛇のように二つに割れた舌を出した――。

その男アマと同棲しながらサディストの彫り師シバとも関係をもつルイ。

彼女は自らも舌にピアスを入れ、刺青を彫り、『身体改造』にはまっていく。

痛みと快楽、暴力と死、激しい愛と絶望。

今を生きる者たちの生の本質を鮮烈に」、この作品は、描いている。(5)

作品の内容を概説すると、スプリットタンの男アマと暮らし始めたルイは、彫り師シバと出会い身体改造にのめり込んでいく。ある日、ルイとアマは暴力事件に巻き込まれる。アマの殴った相手は暴力団の組員だった。その後、アマは何者かに殺され、無残な死体で見つかった。ルイはスプリットタンにするのを止め、舌に空いたピアスの穴を見つめる――。

20世紀を代表する神学者のカール・バルトは、「男と女」について、以下のように述べている[6]。

「創造者なる神は、人間をご自身へと呼び給う間に、またこの人間をその隣人へと向かわせ給う。神の誡めは、特に、人間は男と女の出会いの中で、親と子の関係の中で、近くの者から遠くの者へと通じる道の上で、他人を自分自身と共に、自分自身と共にまた他人を、肯定し、尊敬し、喜ぶことがゆるされている」と語るのである。

このような絶対的人格神という意識の希薄な現代日本において、神という人格や神の誡めを通して、男と女の関係性が樹立されることは非常に少ない。

特に、生の限界状況に置かれた場合、絶対的な人格神という視点を持つ日本人は、あまりいないだろうと思われる。

そこにおいて、恥や世間体といった日本人的な「社会規範」も、もはや意味をなさない。

では、かろうじて残っているものは、何か？

人を突き動かす本能とは別の何かが、やはり我々にはあるのではないか？

それは、日本人の深層心理に脈々と流れ続けている「通時的」なものなのではないか？


結論を先取りして言えば、それは「かすかな希望への餓え・叫び・切望」ではないかと筆者は考えている。

人は、希望なしでは生きていけない。絶望のどん底においても、人はかすかな希望を渇望している。

そこにおいて、ある人は「恩人・親友」に出会う。また、ある人は「生きがいとなる事や物」に出会う。さらに、ある人は「宗教」に出会う。

『蛇にピアス』におけるルイにとっては、それが「身体改造」であったのではないか。身体を改造することによって、何かが変わる。何か新しいものが生まれる。それが、彼女にとっての「かすかな希望」であったと言えるのではないか。

実際、彼女は次のように述べている。[7]

私には活力という物が全くない。（中略）自分の行動一つ一つにため息が付きまとう。（中略）まあとにかく光がないって事。（中略）私が生きている事を実感出来るのは、（身体改造に伴う）痛みを感じている時だけだ。

それは、また、当時の作者自身が感じていたことの投影だったのかもしれない。

これらの問題については、鴨長明『発心集』と宗教文化に関する別の論考において、また改めて詳しく論述したいと思う。

⑶ ルイにとって、愛とは？

ルイは、スプリットタンの男アマと同棲しながら、サディストの彫り師シバとも関係をもつ。

では、『蛇にピアス』の主人公ルイにとって、男とは、そして愛とは、どのようなものなのであろうか？

筆者は、次のように考えている。

『蛇にピアス』の主人公ルイは、刹那的な性愛に、「言いようのない不安」からの「救い」を求めているのではないか。

謂わば、彼女にとって、性愛は心の叫びの表れではないか。

現代の日本では、一昔前とは違い、家族・地域・学校・職場といった場の確固たる関係性が、ますます希薄になってきている。また、道徳・社会規範の相対性に、多くの人が気付き始めている。

さらに、社会不安が私たちを圧倒しようとしている。

現在、人は皆、「言いようのない不安」を抱えて生きている。

SNSによる匿名の繋がり、ゲームという閉鎖された世界への引きこもり、刹那的な性愛、それらは現代の「救い」になっているようにも思われる。

小説の中で、ルイはこのようなことを言っている[8]。

無気力の中、私は結婚という可能性を考えてみた。現実味がない。今自分が考えている事も、見ている情景も、人差し指と中指ではさんでいるタバコも、全く現実味がない。私は他のどこかにいて、どこかから自分の姿を見ているような気がした。何も信じられない。何も感じられない。私が生きている事を実感出来るのは、痛みを感じている時だけだ。（中略）

私は一体、いつまで生きていられるんだろう。そう長くないような気がした。

ルイの生き方は、現代を生きる人にも共通する、苦悩の表れではないか？それは、ある意味、現代日本の「共時的構造」、すなわち、苦悩・心性とも言えるのではないかと思う。

今を生きる人々が意識的・無意識的に感じていることを、この作品は代弁してくれているように感じられる。

『蛇にピアス』は、金原ひとみのデビュー作である。

彼女は、その後、東日本大震災など多くのテーマを取り上げている。現代日本の様々な断面を題材にして、今を生きる人々を、小説という形で描き続けている作家である。

第2章の統計データ分析により、『蛇にピアス』は、総合的分析でも、内容に関する分析でも、『サラダ記念日』・『チョコレート革命』とはかなり異なっていることが分かっている。

第4章では、『蛇にピアス』について具体的な説明を行った。

5 日本の古典文化を代表する『源氏物語』との比較

(1) 『源氏物語』との比較

第5章では、さらに俵万智・金原ひとみと、日本の古典文学・古典文化を代表する『源氏物語』の本文を比較する。日本人の通時的構造の一端について考察する。

ここでは、『源氏物語』の中でも特に、若紫（少女時代の紫の上）に関するエピソード（第五帖「若紫」）を中心に論述したい。若紫巻には藤壺との密通、およびその姪である少女時代の紫の上との出会いが描写されており、光源氏の人生において中核となる人間関係が始まる重要な巻である。

平安時代と現代では、「生活様式」も「表現方法」も全く異なっている。[9] しかしながら、人々の「内面世界」においては、平安時代にも、現代と共通する点が数多く見られると思う。

ここからは、具体例を挙げて説明する。

(1)　光源氏が18歳の春ころ、正妻で４歳年上の葵の上とは、関係が冷めていた。他方、継母の藤壺女御は彼にとって理想の女性であり、憧れ慕う思いはつのるばかりだった。昨年の秋に夕顔を亡くしてから彼は体調が優れず、北山で療養することとなった。そこで彼は、小柴垣の所で藤壺女御と極めてよく似た少女を発見した。若紫との「出会い」は、『源氏物語』の中でも極めて印象的な場面である。

「雀の子を犬君が逃がしつる、伏籠の中に籠めたりつるものを」と泣きながら走ってくる顔を赤くした10歳くらいのかわいらしい容貌の少女に、光源氏の目は釘付けになった。[10] 少女は、藤壺の姪だった。

彼はその時、心に生じた空洞を埋めてくれる「かすかな希望」を見出したのではないかと、筆者は考えている。これは、金原ひとみ『蛇にピアス』とも共通する点であると思う。これが、第一の論点である。

このように、光源氏は青年時代にマラリア感染という人生の危機・生の限界状況を経験した。これが、彼の大きな転換点であったと筆者は考えている。

この後、彼は北山の僧都から仏教の教えを聞き、仏道の生活が理想的な生き方にも思えた。しかしながら、垣間見た少女の姿がまぶたに浮かび、出家したいという思いは消えてしまう。

⑵　療養の後、光源氏は都に戻り、藤壺女御が実家に帰っているという知らせを受ける。若紫と出会って藤壺に対する想いを掻きたてられた彼は、藤壺の侍女王命婦の手引きで、藤壺の部屋に潜入して強引に逢瀬を遂げる。彼の歌「見てもまたあふよまれなる夢の中にやがてまぎるるわが身ともがな」に対して、藤壺女御は「世がたりに人や伝へんたぐひなくうき身を醒めぬ夢になしても」と返している。[11]

その後、源氏は罪悪感・孤独を感じ、他方、藤壺は源氏を憎みきれず懊悩する。これは、俵万智『チョコレート革命』にも通じる不倫の心理・葛藤であると、筆者は考えている。これが、第二の論点である。

夏になり、藤壺女御の懐妊がわかる。帝は喜び彼女を一層いたわるが、藤壺の心は沈んでいく。

(3)　秋になって、北山で若紫を育てていた祖母である北山の尼君が亡くなる。身寄りのなくなった少女を、光源氏はすぐさま自邸二条院に引き取り、恋しい藤壺の身代わりとして、理想の女人に育てようと考える。

10歳で源氏に引き取られて、14歳で結婚した彼女は、紫の上と呼ばれ、源氏の正妻格となる。そんな彼女の成長を見守る日常的なエピソードの数々には、心温まるものがある。

例えば、「日ごろの御物語、御琴など教へ暮らして出でたまふを、例のと口惜しう思せど、今はいとようならはされて、わりなくは慕ひまつはさず(12)」。

すなわち、源氏が二条院へいらした折には、一日中、最近あった出来事の御話をなさったり、御琴などを教えたりして、夜になり源氏の君が出発されるのを、紫の上は、またいつものとおりお出かけになってと、残念にお思いにはなるが、最近はよく慣らされて、むやみに源氏の君にまとわりついて後をおいかけるようなことはしない、と「花宴」において述べている。

これは、俵万智『サラダ記念日』にも通じる味わい、すなわち、日常的な出来事にのせて愛情関係をさりげなく表現するテイストであると、筆者は考えている。これが、第三の論点である。

以上、(1)~(3)により、『源氏物語』には、これまで見てきた三つの作品すべてに共通する要素が、一つの作品に凝集されていると言える。

日本文化の「通時的構造」を考察するには、サンプルとして多くの作品を考慮に入れる必要がある。しかしながら、ここで検討した代表的な作品からもその一端、深層心理の一部が示唆されるかもしれない。

第2章の統計データ分析（内容）では、『源氏物語』は第四象限にあり、『サラダ記念日』と内容的に比較的よく似ている。ただし、原点に近く、バランスのとれた内容とも言えることが分かっている。

第5章の考察により、

（A）『サラダ記念日』と『源氏物語』は、日常的なエピソードにのせて恋愛を語っている点で共通点を有している。

（B）また『源氏物語』は、三つの作品すべてに共通する要素が、一つの作品に凝集されている。この点において、バランスのとれた作品とも言える。

以上のことが、明らかになった。

(2)『源氏物語』に関する研究について

なお、ここでは、『源氏物語』に関する研究文献のいくつかと、先に述べた本研究における第一〜第三の論点との照合作業を行っておく。[13]

①原岡文子（2008年）では、さまざまな意味で「若紫」が『源氏物語』の出発点、物語の核となるものを持つ巻であること（5頁）を詳述している。これは、光源氏が青年時代にマラリア感染という人生の危機・生の限界状況を経験し、それが彼の大きな転換点であったと考える第一の論点を、支持するものである可能性がある。

②清水好子（１９８０年）は『源氏物語』における文体の特徴として、心の壁を一枚一枚めくるように丹念に述べる（27頁）、自由間接叙法に似た叙述が見られる（27頁）、異常に長い形容詞的修飾語を持つ（29頁）、全体に気取っている（30頁）、新しい名詞もなかなか多い（31頁）、案外深く漢詩文の力が見られる（43頁）などを挙げている。このような視点の研究は、先に述べた第一〜第三の論点をより深く考究するためのヒントになると思われる。

③牧純、他（２０１２年）においては、『源氏物語』の時代にも、京都でマラリア感染が流行して、主に加持祈禱により回復を祈願していたことが詳しく述べられている。光源氏もマラリアに感染して体調を崩し、出家を希望するほど精神的に落ち込んでいた背景がよく分かる。第一の論点を補強する材料と考えられる。

④西村亨（２０１０年）によると、若紫の巻の作者は紫式部自身である確率が最も高く（71頁）、その筆法も平面的である（77頁）。夕顔の巻の作者に見られた立体的な構想力、頭脳的な物語の組み立てはここには見られない（77頁）。このような文体の特徴は、先に述べた第三の論点を補強する材料と言えるかもしれない。

⑤高木和子（２００８年）の第一部では、現代人にも分かりやすく「できる男の処世術」を詳しく解説している。第一の論点・第二の論点にも関連した深い心理の一部が、そこから推測される。

また、高木和子（２０２１年）を通読すると、『源氏物語』の全体像が見えてくる。本研究では、若紫に関するエピソードの一部を議論したにすぎない。今後、より考察を深めていくためのヒントが満載された一冊であると言えるだろう。

⑥島内景二（２００８年）では、『源氏物語』の「謎解き」（8頁）に取り組んだ人々の歴史を、アーサー・ウェイリーを含む9人の具体例を挙げながら詳述している。古来、『源氏物語』は様々に解釈されてきたことがよく分かる。これは、『源氏物語』には多面性があるという本稿の主張とも合致すると思われる。

⑦阿部秋生（１９８９年）は、光源氏の発心に関して、藤壺の宮との秘事を「生ける限りこれを思ひなやむ」ことであろうと予想し、「まして後の世のいみじかるべき」障りになるであろうと意識している。この時点では出家の決意になるところまでは動かない（71～73頁）が、「故院」（桐壺院）崩御の頃が発心の時期であると語っている。光源氏23

歳の時のことである（66頁）とする。これは、第一〜第二の論点に関連した重要な研究と言えるだろう。

⑧池田節子（2000年）は『源氏物語』を読み、疑問に感じたこと、先学の説に違和感を覚えたことを自分なりに納得したいという素朴な動機から研究を行っている（1頁）。紫の上を見た源氏は「めずらし」（見飽きることがない）、「いまめかし」（見る人に新鮮な感動を与える）と述べている。また、少女の紫の上が祖母の喪服を脱いだ姿を「いまめかしう」と表現する。この言葉を、地味な姿に関して、特殊な用い方をしていると指摘している（201〜203頁）。このような方向性の研究は、第一〜第三の論点をより深める視点であるだろうと思われる。

⑨今井久代（2001年）は、近代的な女主人公とは違うところに紫の上の存在意義がある（131頁）、「家」とは無縁な愛情だけで光源氏と結ばれている（139頁）、紅葉賀巻までは藤壺の面差しを伝える率直で無垢な少女として語られていた紫の上は、葵・賢木巻では単なる理想の妻から微妙に変化して曖昧な存在となる（140〜142頁）、光源氏と紫の上には特別な深い信頼関係がある（146頁）と述べている。これらは、示唆

に富んだ深い研究である。

⑩増田繁夫（２００９年）では、光源氏と藤壺の密通には「良心の呵責」はないことを指摘している（１８７頁）。先に述べた二人が別れるときの歌のやりとりでも、藤壺は二人の関係が世間に知られるのを恐れているが、夫の帝のことは意識されていないと述べている（１８８頁）。第二の論点をさらに深く考究するためのヒントが、このような研究には見られると言えるだろう。

6 まとめ

筆者は「伝統的」な研究と「統計学的」研究を統合した「文理融合的」研究を目指している。

本研究の目的は、日本文学を通して、現代日本文化の特徴を明らかにすることである。そのため、ベストセラーとなった俵万智『サラダ記念日』を主たる研究対象とした。そして、俵万智『チョコレート革命』、金原ひとみ『蛇にピアス』、『源氏物語』との比較検討を行った。

その結果、以下の点が明らかになった。

(1) まず、新しい試みとして、前記四者の総括的把握を行った。すなわち、四者に関する一問一答式の調査を行った。その結果得られた（1，0）形式のデータは、一般的なアンケート調査の結果と同じデータ形式である。そこで、アンケート調査の分析で広く用いられている数量化理論（数量化3類）を使用して分析した。そして、似ているもの・異なるものの関係性を示すポジショニングマップを作成した。『源氏物語』は第四象限にあり、『サラダ記念日』と内容的に比較的よく似ている。ただし原点に近く、バランスのとれた内容とも言えることなどが分かった。

(2) 次に、俵万智の内在的構造を考察した。すなわち、俵万智『サラダ記念日』と『チョコレート革命』『かぜのてのひら』を比較した。二つの対極的な恋愛があること、またその中間点では微妙な心のひだを描いていることが見出された。

(3) また、金原ひとみ『蛇にピアス』との比較により現代日本人の共時的構造を考察した。「言いようのない不安」からの「救い」を求める心性、それが現代日本文化の「共時的構造」であることが示唆された。

(4)　さらに、『源氏物語』との比較により日本人の通時的構造を考察した。『源氏物語』には、これまで見てきた三つの作品すべてに共通する要素が、一つの作品に凝集されている。日本文化の「通時的構造」の一端、深層心理の一部が、そこには垣間見られたかもしれない。最後に、『源氏物語』に関する研究のいくつかとの照合作業を行った。

以上の4点から本稿では、「現代日本文化は相矛盾した葛藤を内包した多面的なものである」という提言を提示したいと思う。

7　今後の研究

本研究では、日本文学を通した文化研究の試みとして、俵万智と現代日本文化に関して、論述を展開した。

今後の課題として、以下の点を筆者は研究してみたいと考えている。

(1) 谷川俊太郎の生涯にわたる詩作を総括する『自選谷川俊太郎詩集』(岩波文庫)と日本の詩歌

(2) 夏目漱石の小説『それから』・『道草』における文体と近代日本の自我

(3) 鴨長明『発心集』における宗教心や宗教文化と海外における諸宗教

以上に関して、統計データ分析を用いて、文理融合的な研究を行いたい。

〈注〉

(1) 以下の文献を用いた。

俵万智『サラダ記念日』(河出文庫)(河出書房新社、1989年)

俵万智『チョコレート革命』(河出書房新社、新装版2017年)

金原ひとみ『蛇にピアス』(集英社文庫)(集英社、2006年)

阿部秋生、秋山虔、今井源衛、鈴木日出男(校注・訳)『新編日本古典文学全集　源氏物語(1)〜

(6)』（小学館、1994年〜1998年）

(2) 数量化理論（数量化3類）に関しては、柳井久江『エクセル統計―実用多変量解析編―』（オーエムエス出版、2005年）158〜162頁参照。統計データの分析は、同書付録「アドインソフトMulcel」を使用してパソコンで行った。

(3) 坂元慶行「日本人の国民性50年の軌跡―『日本人の国民性調査』から―」（『統計数理』第53巻第1号、2005年）3〜33頁

(4) 俵万智『かぜのてのひら』（河出書房新社、新装版2017年）

(5) 金原ひとみ『蛇にピアス』（集英社文庫）（集英社、2006年）裏表紙の解説より引用。

(6) 〈日本語訳〉カール・バルト、吉永正義（訳）『教会教義学　創造論Ⅳ／2　創造者なる神の誡め〈ii〉』（新教出版社、1980年）3頁
〈ドイツ語原文〉Karl Barth, Die Kirchliche Dogmatik: Die Lehre von der Schöpfung III, 4 §§ 52–54 (Studiensausgabe Band 19 Das Gebot Gottes des Schöpfers 1. Teil), (Theologischer Verlag Zürich 1993) p. 127

(7) 金原ひとみ　前掲書　77〜78頁、87頁

(8) 同書　87〜88頁

(9) 池田亀鑑『平安朝の生活と文学』（ちくま学芸文庫）（筑摩書房、2012年）などを参照。

(10) 阿部秋生、秋山虔、今井源衛、鈴木日出男（校注・訳）『新編日本古典文学全集　源氏物語(1)』（小学館、1994年）206頁

⑾　同書　231〜232頁
⑿　同書　361頁
⒀　源氏物語に関する研究は、以下の文献を参照。
①原岡文子『『源氏物語』に仕掛けられた謎――「若紫」からのメッセージ』（角川学芸出版、2008年）
②清水好子『源氏物語の文体と方法』（東京大学出版会、1980年）
③牧純・増野仁・郡司良夫・秋山伸二・菅野裕子・関谷洋志・難波弘行・玉井栄治・坂上宏「日本におけるマラリアの史的考究―特に11世紀の日本と現代におけるマラリア感染の対処法と治療薬―」（『松山大学論集』第23巻第6号、2012年）243〜256頁
④西村亨『源氏物語とその作者たち』（文春新書）（文藝春秋、2010年）
⑤高木和子『男読み　源氏物語』（朝日新書）（朝日新聞出版、2008年）
高木和子『源氏物語を読む』（岩波新書）（岩波書店、2021年）
⑥島内景二『源氏物語ものがたり』（新潮新書）（新潮社、2008年）
⑦阿部秋生『光源氏論――発心と出家』（東京大学出版会、1989年）
⑧池田節子『源氏物語表現論』（風間書房、2000年）
⑨今井久代『源氏物語構造論――作中人物の動態をめぐって』（風間書房、2001年）
⑩増田繁夫『平安貴族の結婚・愛情・性愛　多妻制社会の男と女』（青簡舎、2009年）

第二部　谷川俊太郎と日本の詩歌

日本文学を通した文化研究の試み (2)

――谷川俊太郎と日本の詩歌――

要旨：

筆者は、伝統的な研究と統計学的研究を統合した、文理融合的な研究を目指している。両者は、相互補完的であるべきだと筆者は考えている。

本研究の目的は、現代日本を代表する詩人・谷川俊太郎における詩の変遷を解明することである。そのため、生涯にわたる詩作を総括する『自選谷川俊太郎詩集』を研究対象とした。

前半では、新しい試みとして、統計学的手法、すなわち残差分析と数量化3類という統計データ分析法を用いた。残差分析で仮説を立てて、数量化3類により実証した。

それにより次の点が分かった。

谷川俊太郎の青年時代では、孤独や自意識が支配的だった。その後、「老婆」が他者の象徴として彼の詩に現れる。すなわち、彼は他者の視点を獲得していく。それから谷川俊太郎は実験的な詩を多く作る。

後半は、伝統的な解釈と鑑賞という方法を用いて、内面的な構造に関する考察を行った。特に、谷川俊太郎と井上陽水の持つ内在的な構造の一部を比較した。これも、新しい試みである。

その結果、以下の点が明らかになった。

(1) 谷川俊太郎の青年時代における孤独には、感傷のない叙情性が根底にある。彼は他者の視点を獲得した後、複雑なニュアンスを孕んだ愛の萌芽・愛の変容を描くようになる。

(2) 時代精神を代表すると思われる井上陽水の場合は、初期のセンチメンタリズムという叙情性から、ニヒリストの孤独や愛の萌芽を経て、言葉遊びを中心とした実験的な歌詞を書くようになった。

それに対して谷川俊太郎は、初期の感傷のない叙情性から、複雑なニュアンスを孕んだ愛の萌芽・愛の変容を経て、ひらがな詩を中心とした実験的な詩を書く時期へと至る。ここで、老婆という他者の発見が大きな転機となっている。

(3) 谷川俊太郎は、日本の詩歌の原点に立ち返った詩人である。と同時に、彼は時代の先端を拓くフロントランナーであるとも言える。

今後は、夏目漱石に関する統計データ分析を行って、夏目漱石と近代日本の自我について考察を深めたいと考えている。

1 はしがき

筆者は、伝統的な研究と統計学的研究を統合した、文理融合的な研究を目指している。両者は、相互補完的であるべきだと筆者は考えている。

この研究では、現代日本を代表する詩人・谷川俊太郎（1931年―）における詩の変遷を解明する。そのため、彼の生涯にわたる詩作を総括する『自選谷川俊太郎詩集』（2013年）を研究対象とした[1]。すなわち、80冊以上におよぶ谷川俊太郎の詩集から彼自身が選択した、自選詩集に掲載された代表的な詩を研究した。

本研究では、日本における詩歌の一断面を捉える。それにより、日本文学を通した文化研究の試みを行う。

この研究では、前半も後半も、新しい試みを行った。前半では、統計学的手法、すなわち、残差分析と数量化3類という統計データ分析法を用いた。残差分析で仮説を立てて、数量化3類により実証した。後半は、伝統的な解釈と鑑賞という方法を用いて、内面的な構造に関する考察を行った。特に、谷川俊太郎と井上陽水を比較した。

ここで、井上陽水（1948年−）に関して述べておく。彼は現代日本を代表するシンガーソングライターである。[2] 井上陽水について本稿で論述する理由として、以下の点が挙げられる。

(1) 現在は、米国のシンガーソングライターであるボブ・ディランが、ノーベル文学賞を受賞する時代である。すなわち、シンガーソングライターの歌詞も、重要な文学作品と評価されている。

(2) また、井上陽水は、インタビューの中で、作詞の方が作曲より自信があるとも述べている。

(3) さらに、初期の叙情性・実験的な詩の創作など、谷川俊太郎と井上陽水には共通点も多い。

(4)　最後に、一番重要な点であるが、井上陽水の歌詞は、ある意味、時代精神を代表するものである。ポピュラー音楽として、彼の曲は多くの人に受け入れられてきた。すなわち、彼の楽曲は日本文化を考察する重要な手がかりである。

以上の理由から、井上陽水の歌詞を学術的な研究対象とした。

この論文ではまず、第2章において残差分析による仮説を立て、第3章において数量化3類による検証を行った。さらに第4章から第7章で、内面的な構造に関する分析を行った。第8章は考察を論述した。

なお、統計データ分析は、第一部と同じく、「フリーソフトjs-STAR」・「アドインソフトMulcel」を使用した。(3) 研究は、パソコンで行った。

最後に筆者は、谷川俊太郎の詩を40年以上前から読み、井上陽水の曲を50年前から聴いている。本研究の基調には、長年にわたる筆者の様々な感慨がある。

[2] 残差分析による仮説

(1) 1期〜4期の分析

まず筆者は、『自選谷川俊太郎詩集』に掲載されている173篇の詩を、年代順に、4分割した。

そして、彼の詩にみられる特徴的な言葉を「カウント」した。統計をとる単語は、作品の内容を鑑みて選択した（実験的詩は、ひらがな詩・論文調の詩を数えた）。

次に、それらの言葉の「頻度」に関する表を作成して、残差分析という統計データ分析を行った。残差分析は、数値データの表から有意に多いところ・有意に少ないところを知る一般的な方法である。

表1に結果を示す。

ここで、「孤独」には、ひとりぼっち等を含まない。

「かなしさ」には、悲しい・哀しい・かなしい等を含めている。

また、「孤独ではない」「悲しくない」といった否定文で、語が使われている箇所はなかった。

なお、1期〜4期は、以下のように分類した。

1期（詩44篇）：『二十億光年の孤独』『十八歳』『六十二のソネット』『62のソネット＋36』『愛について』『絵本』『あなたに』『21』『落首九十九』『谷川俊太郎詩集（思潮社、1965）』『谷川俊太郎詩集（河出書房、1968）』『旅』『谷川俊太郎詩集（角川文庫、1968）』『谷川俊太郎詩集（現代詩文庫、1969）』『うつむく青年』

2期（詩43篇）：『谷川俊太郎詩集（角川書店、1972）』『ことばあそびうた』『空に小鳥がいなくなった日』『夜中に台所でぼくはきみに話しかけたかった』『定義』『タラマイカ偽書残闕』『谷川俊太郎詩集　続』『そのほかに』『コカコーラ・レッスン』『ことばあそびうた　また』『わらべうた』『わらべうた　続』『みみをすます』『日々の地図』

3期（詩43篇）：『どきん』『対詩　1981.12.24〜1983.3.7』『手紙』『日本語のカタログ』『詩めくり』『よしなしうた』『いちねんせい』『はだか』『メランコリーの川下り』『魂のいちばんおいしいところ』『女に』『詩を贈ろうとすることは』『子どもの肖像』『世間知ラズ』『ふじさんとおひさま』『モーツァルトを聴く人』『真っ白でいるよりも』

4期（詩43篇）：『クレーの絵本』『谷川俊太郎詩集（ハルキ文庫、1998）』『みんなやわらかい』『クレーの天使』『minimal』『夜のミッキー・マウス』『シャガールと木の葉』『すき』『私』『子どもたちの遺言』『トロムソコラージュ』『詩の本』

表1は、以下のとおりである。

表1の分析により、次のことが分かった。

(1) 谷川俊太郎の詩は、1期において「孤独」が有意に多い。
(2) 1人称単数代名詞も有意に多い。
(3) そのころ、「老婆」が登場する。有意に多い。
(4) 1期では、2人称単数代名詞が有意に少ない。
(5) 1期では、実験的な詩も有意に少ない。
(6) 2期では、2人称単数代名詞が有意に多くなっている。
(7) その後、3期では、実験的な詩が有意に多い。
(8) 4期は、偏りが見られない。晩年の円熟期と考えられる。

表1　1期～4期における語の頻度と残差分析の結果

	孤独	愛	かなしさ	老婆	1人称		2人称		3人称		実験的詩
					単数	複数	単数	複数	単数	複数	
1期	2▲	13	8	3▲	185▲	15	34▽	2	2	1	2▽
2期	0	5	1▽	0	128	8	68▲	1	3	0	15
3期	0	3	3	0	97▽	16▲	40	0	4	0	18▲
4期	0	7	7	0	125	9	33	3	0	0	12

▲有意に多い　▽有意に少ない　$p<0.05$

以上の結果から、次のことが言える。

1期で「孤独」や1人称単数代名詞が有意に多く、「老婆」が登場する。2期で2人称単数代名詞が有意に多く、3期で実験的な詩が有意に多い。4期は、偏りが見られない晩年の円熟期となる。

ここで、1期における「孤独」・1人称単数代名詞・「老婆」の関係を詳しく調査する必要が生じた。次節では、1期の詳しい分析を行いたい。

(2)　1期の詳しい分析

次に筆者は、1期を年代順に、4篇ずつ11分割した。第1節と同じ項目に関して、単語をカウントした。表2に残差分析の結果を示す。

(9)　1－1では、孤独が有意に多い。三好達治は、

表2　1期における語の頻度と残差分析の結果

	孤独	愛	かなしさ	老婆	1人称		2人称		3人称		実験的詩
					単数	複数	単数	複数	単数	複数	
1-1	2▲	2	4▲	0	41	0▽	9	0	0	0	0
1-2	0	3▲	1	0	18	0	0	0	0	0	0
1-3	0	2▲	0	0	9	0	0	0	0	0	0
1-4	0	2	0	0	45▲	4	0▽	0	0	0	0
1-5	0	1	3	0	32	11▲	12	2▲	0	0	0
1-6	0	1	0	0	11	0	0	0	2▲	0	2▲
1-7	0	0	0	0	5	0	0	0	0	1	0
1-8	0	1	0	2▲	13	0	4	0	0	0	0
1-9	0	1	0	0	3▽	0	9▲	0	0	0	0
1-10	0	0	0	1▲	4	0	0	0	0	0	0
1-11	0	0	0	0	4	0	0	0	0	0	0

▲有意に多い　　▽有意に少ない　　$p<0.05$

この頃の「感傷のない叙情性」に感動したといわれている。

⑽　1－4で、1人称単数代名詞が有意に多い。

⑾　1－8で、老婆が登場する。有意に多い。この老婆に、谷川俊太郎は、自分とも家族ともちがう「生きている他者」の存在を強烈に感じた。(4)

⑿　1－9で2人称単数代名詞が有意に多い。

ここまでの結果をまとめる。

1期：谷川俊太郎の青年時代である。1－1では、孤独が有意に多い。彼は、孤独を感じていた。三好達治は、この頃の詩を読んで「感傷のない叙情性」に感動したといわれている。

1－4で、1人称単数代名詞が有意に多い。自意識が支配的であったと想像される。

その後、1－8で、老婆が登場する。この老婆に、谷川俊太郎は、自分とも家族ともちがう「生きている他者」の存在を強烈に感じた。

2期：2人称単数代名詞が有意に多くなっている。すなわち、彼は他者の視点を獲得していく。

3期：実験的な詩が有意に多い。
4期：偏りが見られない。晩年の円熟期と考えられる。

以上の第1節と第2節における分析から、筆者は次のような仮説を立てた。
「谷川俊太郎の青年時代では、孤独や自意識が支配的だった。その後、『老婆』が他者の象徴として彼の詩に現れる。すなわち、彼は他者の視点を獲得していく。それから谷川俊太郎は実験的な詩を多く作る」

第3章では、数量化3類分析により、この仮説を検証する。

なお、1期における人称代名詞（1人称単数および2人称単数）の残差分析では、はっきりした傾向は見出せなかった。
1人称単数の人称代名詞は、「僕・ぼく・私・わたしゃ・わたし・俺」を、カウントした。また、2人称単数の人称代名詞は、「お前・おまえ・君・あなた」を検討した。
1人称単数代名詞は、「私」が最も多く、全般的に使われている。「僕」・「俺」などは、詩の特徴により部分的に使用されている。意味の大きな違いはないとみられる。

２人称単数代名詞に関しても、詩の特徴により使いわけがされている。意味の大きな違いはないとみられる。以上、念のため、１期における代名詞の詳しい分析について言及した。

３ 数量化３類による検証

(1) １期〜４期の検証

数量化３類を用いた分析を、第一部と同様に行う[5]。先の仮説を検証する。まず、表１の数値データをカテゴリー化する（表３）。

質的データ（カテゴリーデータ）への変換は、一種のアンケート調査とも考えられる。

すなわち、表３は、回答０・回答１・回答２・回答３

表３　１期〜４期における語の頻度をカテゴリーデータに置き換える

		孤独	愛	かなしさ	老婆	１人称単数	２人称単数	実験的詩
１期		1	3	2	1	3	1	1
２期		0	2	1	0	2	2	2
３期		0	1	1	0	1	1	3
４期		0	2	2	0	2	1	2
回答	0	頻度0			頻度0	頻度0~50		頻度0~1
	1	頻度1~2	頻度0~4	頻度0~4	頻度1~3	頻度51~100	頻度0~35	頻度2~10
	2		頻度5~9	頻度5~8		頻度101~142	頻度36~68	頻度11~15
	3		頻度10~13			頻度143~185		頻度16~18
		説明変数	説明変数	説明変数	説明変数	説明変数	説明変数	説明変数

という質的データ（カテゴリーデータ）を表している。例えば、孤独に関して、回答0は頻度0（数値データ）、回答1は頻度1〜2（数値データ）が該当するなどとした。

なお、質的データに変換する際、数量化理論の指標に従って行った。具体的には、頻度が2以下であるカテゴリーは統合した。

また、サンプル数が極端に小さな項目は、データの偏りを考慮して削除した。カテゴリーの統合も項目の削除も、基準に従って行っている。

表3に記載した質的データ（カテゴリーデータ）より、アンケート調査で広く用いられている数量化3類による統計データ分析を行った。すなわち、サンプル間での類似度を得点化し、それぞれの類似度をポジショニングマップとしてグラフ化した。「類似しているもの」「類似していないもの」の関連が明示される。

結果は、図1、図2のとおりである。

1期〜4期の数量化3類分析では、第一象限↓第三象限↓第二象限↓第三象限と推移していくことが分かった。

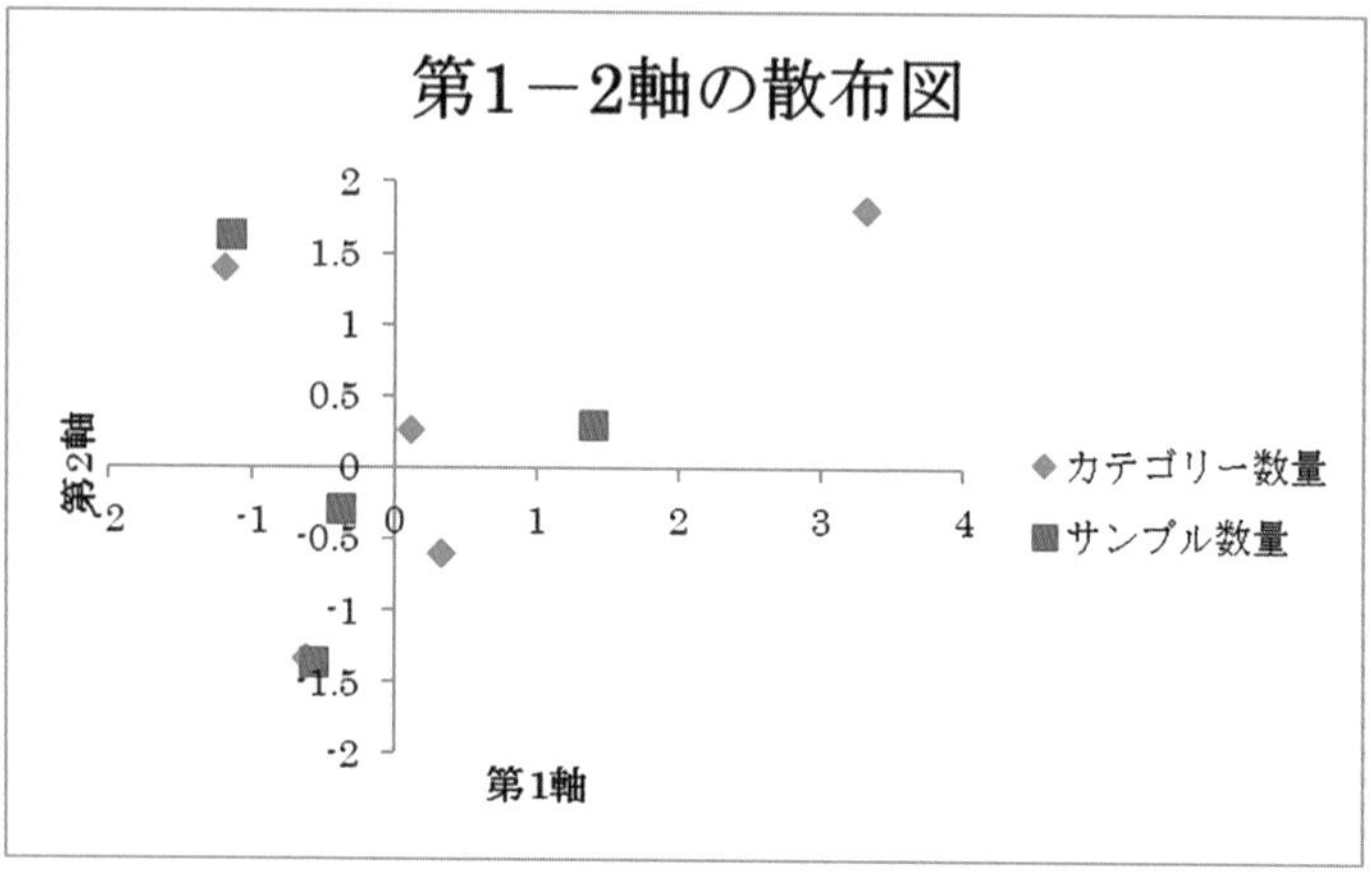

図１　１期～４期の数量化３類、散布図

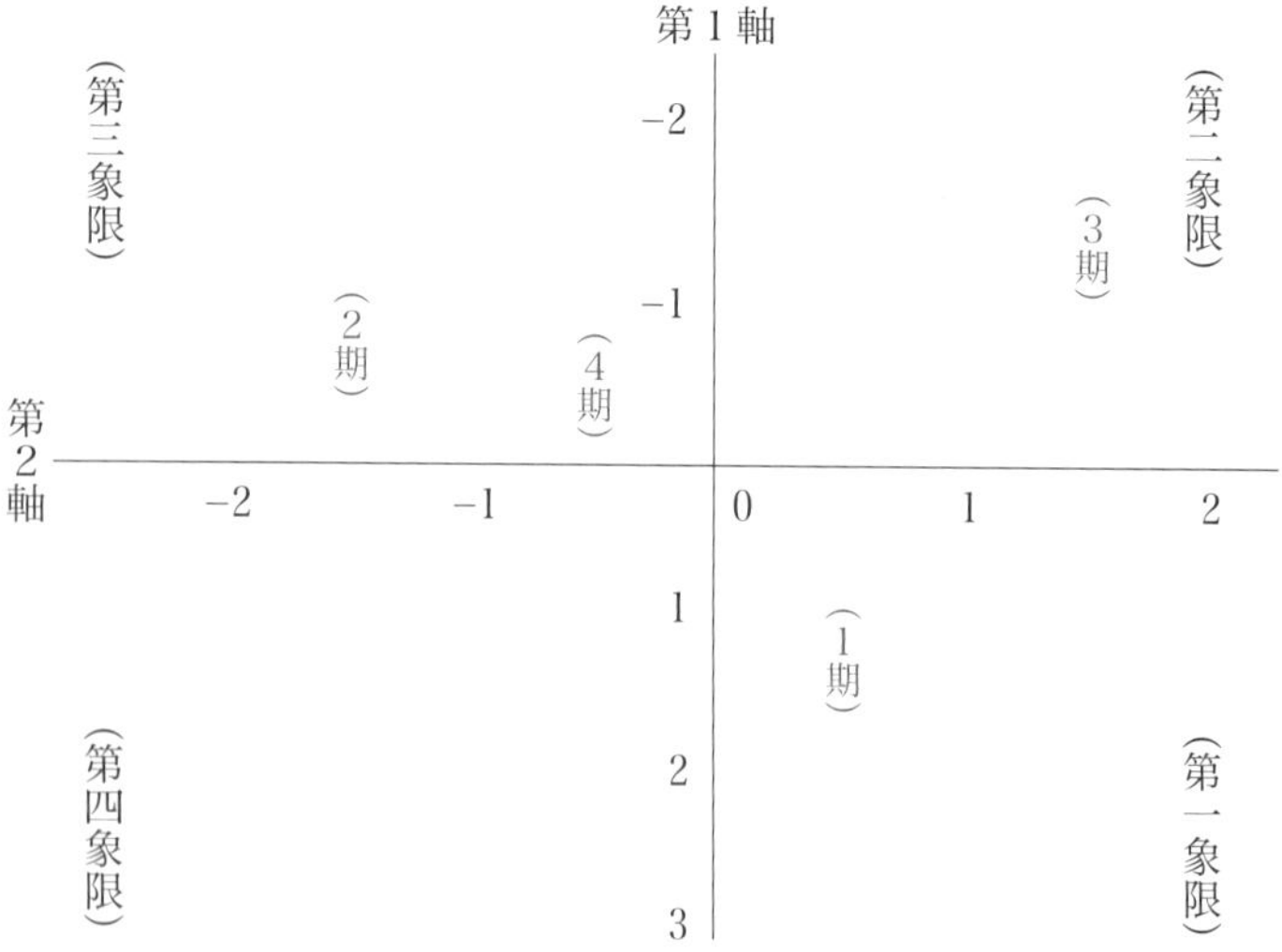

図２　１期～４期の数量化３類、模式図

ここで、第1軸は、孤独・老婆で多く、実験的詩で少ない軸である。また、第2軸は、孤独・老婆・実験的詩で多く、2人称単数で少ない軸である。

2期以降は、1期と異なり、第1軸の方向がマイナスになっている。第1軸は、孤独・老婆といった要素が多く、実験的詩の頻度が少ない軸である。すなわち、2期以降は孤独・老婆といった要素が少なく、実験的詩が多くなっている。

そして、第2軸にそって変移をする。これは、2期から実験的詩の時期を経て、円熟していく過程を示していると考えられる。実際、第2軸は孤独・老婆・実験的詩で多く、2人称単数で少ない軸である。この軸にそって、実験的詩の頻度や2人称単数といった他者の意識が変化していく。

すなわち、1期のみ孤独・老婆が多く、2期以降は少ない。2期は2人称単数が多い位置である。3期は実験的詩が多く、他期とは離れた独特の位置にある。4期は原点に近く、バランスがとれた期であると言える。

全体的な推移をまとめると、第一象限→第三象限→第二象限と推移して、4期の円熟期で第三象限の原点近くとなる。谷川俊太郎の詩に関する史的変遷の概要は、このようになった。

次節では、1期に関する詳しい検証を行う。

(2) 1期の詳しい検証

ここでは、1期に関する詳しい検証を行う。まず、表2の数値データをカテゴリー化する（表4）。

数量化3類を用いた統計データ分析の結果は、図3、図4のとおりである。

1期の語に関する数量化3類分析では、1－1から1－7までは、第2軸（孤独・愛・1人称単数）にそって行ったり来たりを繰り返す。

その後、1－8以降は第1軸（2人称単

表4　1期における語の頻度をカテゴリーデータに置き換える

		孤独	愛	かなしさ	老婆	1人称単数	2人称単数
1-1		1	2	1	0	3	1
1-2		0	2	1	0	2	0
1-3		0	2	0	0	1	0
1-4		0	2	0	0	3	0
1-5		0	1	1	0	3	2
1-6		0	1	0	0	2	0
1-7		0	0	0	0	1	0
1-8		0	1	0	1	2	1
1-9		0	1	0	0	1	1
1-10		0	0	0	1	1	0
1-11		0	0	0	0	1	0
回答	0	頻度0	頻度0	頻度0	頻度0	頻度0~2	頻度0~3
	1	頻度1~2	頻度1	頻度1~4	頻度1~2	頻度3~9	頻度4~9
	2		頻度2~3			頻度10~26	頻度10~12
	3					頻度27~45	
		説明変数	説明変数	説明変数	説明変数	説明変数	説明変数

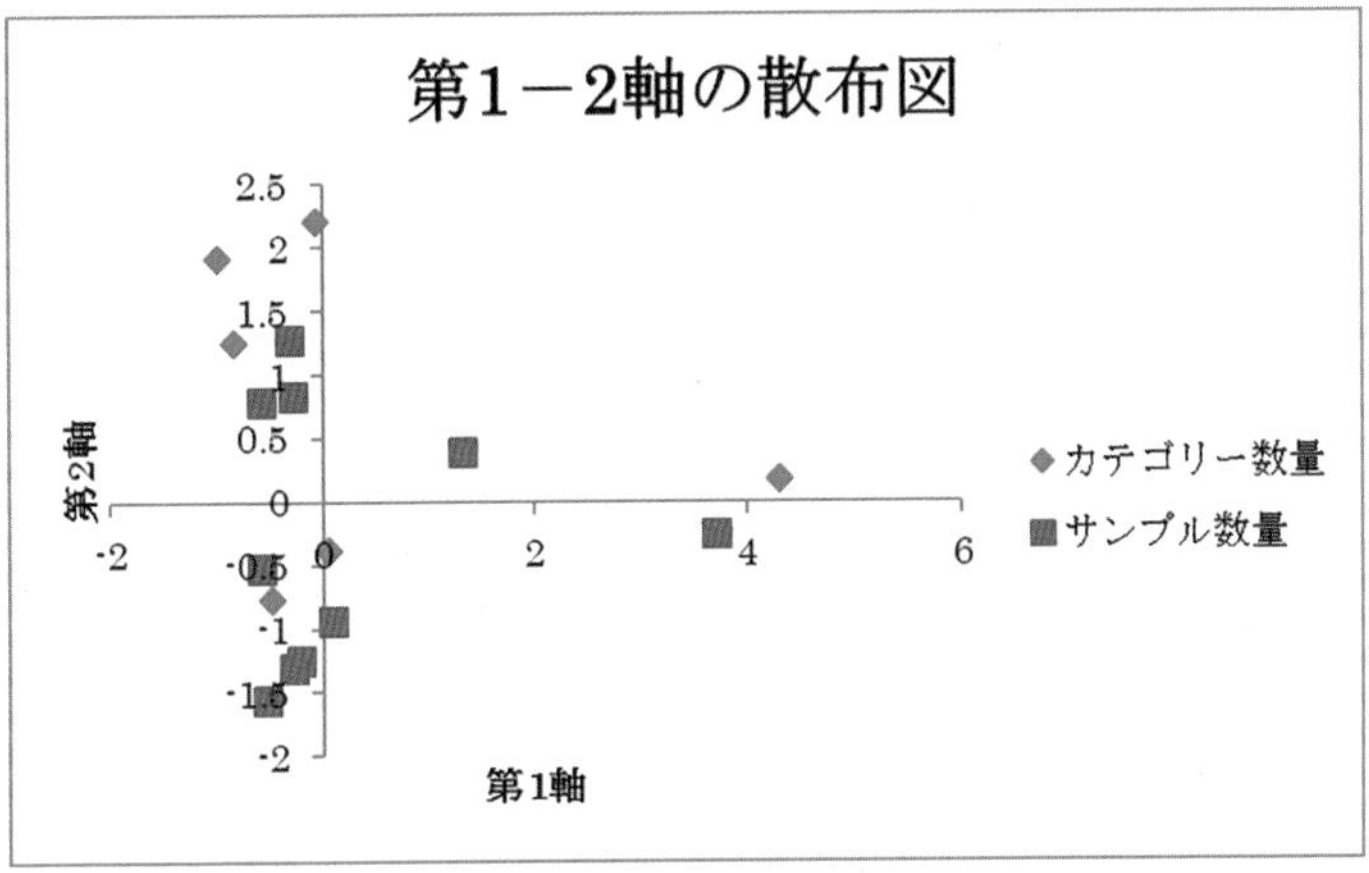

図３　１期の語に関する数量化３類、散布図

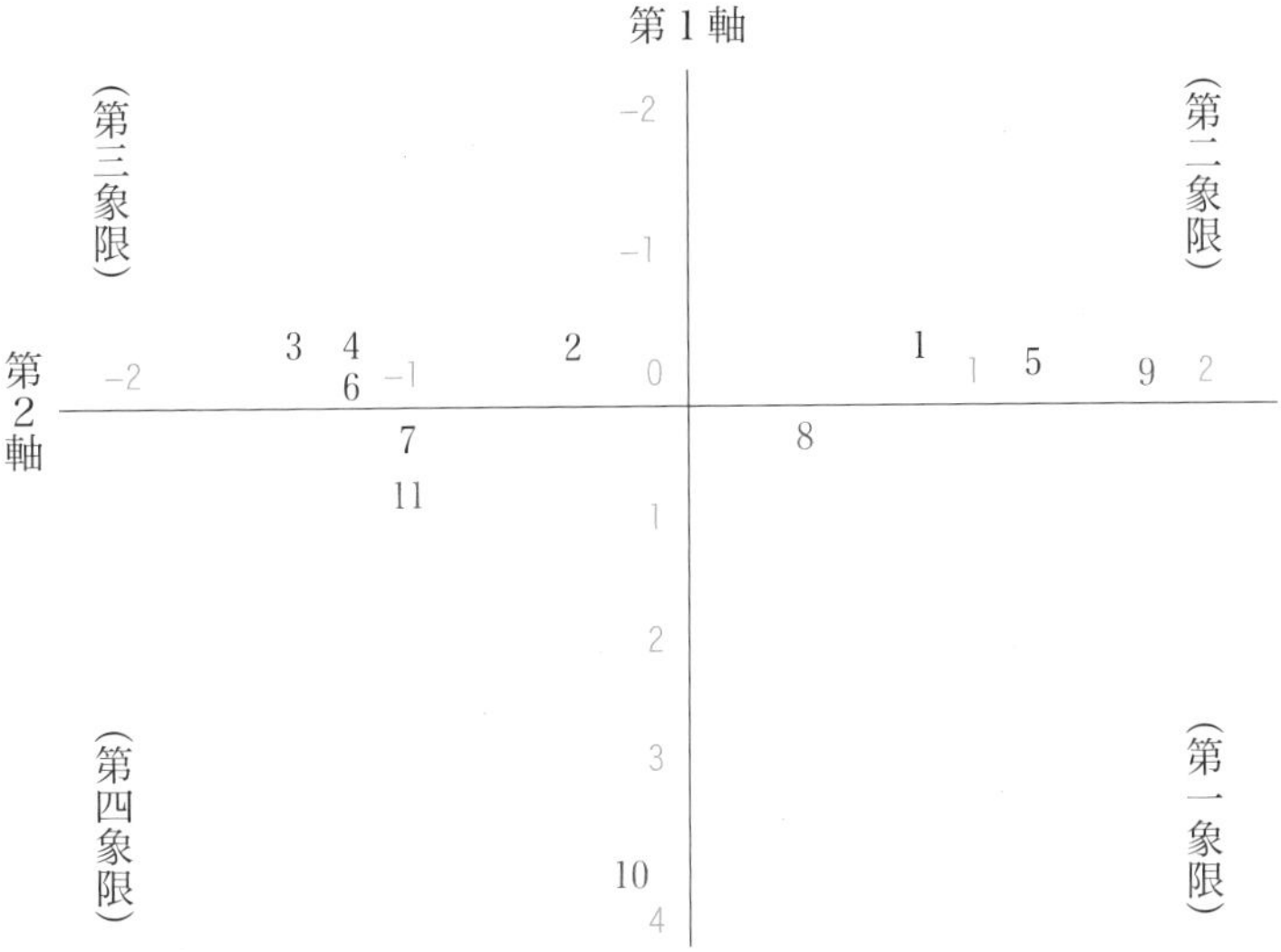

図４　１期の語に関する数量化３類、模式図

数）にそって下方向へ大きくシフトする。

そして1－7までよりは下の範囲で、第2軸（孤独・愛・1人称単数）にそって行ったり来たりすることが分かった。

ここで、第1軸は、老婆で多く、孤独・かなしさで少ない軸である。また、第2軸は、2人称単数・孤独・かなしさで多く、愛で少ない軸である。


1－1から1－7までの時期は、第2軸（2人称単数・孤独・かなしさで多く愛で少ない軸）にそって変動していた。それが、1－8で「老婆」が登場してからは、第1軸（老婆で多く孤独・かなしさで少ない軸）の下方向に大きくシフトする。1－8以降は、下方向に移動した範囲で、第2軸（2人称単数・孤独・かなしさで多く愛で少ない軸）にそってまた変動する。

この結果から、老婆の登場により、谷川俊太郎の詩は大きく変化していることが分かった。

老婆以前は、孤独から出発して主体性を模索するプロセスと考えられる。実際、第2軸にそって、変移を繰り返している。

老婆以降は、第1軸にそって下にシフトする。これは、2人称単数の軸にそってプラスのシフトである。すなわち、他者の意識化を意味する。
老婆以降も第2軸にそって変移するが、これは下にシフトした範囲における変移であり、老婆以前の変移とは異なっている。２期以降の進化の先駆けとも考えられる。

以上の分析から、先の仮説が裏付けられた。
「谷川俊太郎の青年時代では、孤独や自意識が支配的だった。その後、『老婆』が他者の象徴として彼の詩に現れる。すなわち、彼は他者の視点を獲得していく。それから谷川俊太郎は実験的な詩を多く作る」

次章からは、伝統的な解釈と鑑賞という方法を補完的に用いて、内面的な構造に関する分析を行う。特に谷川俊太郎と、時代精神を代表すると思われる井上陽水を比較する。

4 叙情性

(1) 感傷のない叙情性

まず、谷川俊太郎における、孤独・感傷のない叙情性に関する詩の具体例を挙げる。(6)

二十億光年の孤独 (谷川俊太郎)

人類は小さな球の上で
眠り起きそして働き
ときどき火星に仲間を欲しがったりする

火星人は小さな球の上で
何をしてるか　僕は知らない
(或はネリリし　キルルし　ハララしているか)
しかしときどき地球に仲間を欲しがったりする

それはまったくたしかなことだ

万有引力とは
ひき合う孤独の力である

宇宙はひずんでいる
それ故みんなはもとめ合う

宇宙はどんどん膨んでゆく
それ故みんなは不安である

二十億光年の孤独に
僕は思わずくしゃみをした

これは、谷川俊太郎の代表作である。彼は、16歳のころから詩を書き始めている。18歳の時に、詩を書きためた3冊のノートが、父・谷川徹三から友人の三好達治に渡された。

三好達治は、「感傷のない叙情性」に感動した。彼は6篇の詩を『文学界』（文藝春秋新社）に推薦し、「ネロ　他五篇」が掲載される。それら思春期の心の故郷へと誘う6篇の詩は、読者の心をとらえた。2年後、3冊のノートから50篇を選んで、第一詩集『二十億光年の孤独』（創元社、1952年）が出版される。[7] これが、この詩に関する経緯である。

この詩は、パスカル『パンセ』の一節を連想させる。[8]

この無限の空間の永遠の沈黙は私を恐怖させる。――

パスカルが述べているように、宇宙には冷たく暗い沈黙の空間が無限に、そして永遠に広がっている。パスカル『パンセ』においては、宇宙は恐怖・戦慄を引き起こすものであった。しかし、谷川俊太郎は、恐怖するどころか、くしゃみをするほど平然としているのである。

確かに、「みんな」はもとめ合い、不安である。なぜなら、宇宙はひずんでいて、どんどん膨らんでゆく。万有引力とは、ひき合う孤独の力だからである。しかし、「僕」は二十億光年の孤独に、思わず「くしゃみ」をする。「僕」は恐怖するどころか、淡々としている。ここに、感傷の入り込む余地はない。その「くしゃみ」はユーモラスでもある。

この詩の基調には、感傷のない叙情性が流れている。それは、「くしゃみ」に端的に表れている。喜怒哀楽のどれでもない、くしゃみである。この感覚には、驚嘆する。日本人離れした独特の感性が、顕著に表れている。

以上、谷川俊太郎における孤独・感傷のない叙情性に関する詩の具体例を挙げて説明した。

⑵ 感傷、悲しみ、不安

谷川俊太郎の初期作品が感傷のない叙情性を特色とするのに対して、井上陽水の初期作品は、センチメンタリズムを特徴とする。次の曲が、典型例である。

白いカーネーション（井上陽水作詞）

カーネーション　お花の中では
カーネーション　一番好きな花

子供の頃には何も
感じてなかったけれど
今では不思議なくらい
きれいだな　白いカーネーション

お花の中では　カーネーション
一番好きな花

どんなに　きれいな花も
いつかは　しおれてしまう
それでも私の胸に
いつまでも　白いカーネーション

お花の中では　カーネーション
一番好きな花

この曲は、井上陽水2枚目のオリジナルアルバムである『陽水Ⅱセンチメンタル』（1972年）に収録されている。

アルバムのタイトルがセンチメンタルであったことから分かるように、この曲は初期の井上陽水のメンタルを反映している。

「お花の中では　カーネーション　一番好きな花」

ここには、純粋無垢な感傷・センチメンタリズムがよく表されている。

一般的な心性の人々の場合、感傷とは、ある意味、余裕の産物である。ただし、あくまで一般的な人々の場合である。詩人・中原中也のケースは、心の病と紙一重の心性であるようにも思う(9)。彼の場合は、そこから詩が生まれ、そこに共感する人々が多いことも事実である。

中原中也は、現在でも、人気のある詩人である。このようなセンチメンタリズムは、近現代における日本人の根底にあるのかもしれない。

井上陽水は、後年になって、センチメンタリズムを美しいと思わなくなったと、インタビューの中で述べている。

⑶ ニヒリストの孤独

井上陽水の場合は、初期のセンチメンタリズムを美しいと思わなくなってから、どのような場所へと至ったのだろうか？

次に挙げる曲は、彼の新たな境地をよく表している。

青空、ひとりきり（井上陽水作詞）

楽しいことなら　何でもやりたい
笑える場所なら　何処へでもゆく
悲しい人とは　会いたくもない
涙の言葉で　濡れたくはない
青空、あの日の青空、ひとりきり

何かを大切にしていたいけど
身体でもないし　心でもない

きらめくような　想い出でもない
ましては我が身の　明日でもない
浮雲、ぽっかり、浮雲、ひとりきり

仲良しこよしは　何だかあやしい
夕焼け小焼けは　それより淋しい
一人で見るのが　はかない夢なら
二人で見るのは　たいくつテレビ
星屑、夜空は星屑、ひとりきり

楽しいことなら　何でもやりたい
笑える場所なら　何処へでもゆく
悲しい人とは　会いたくもない
涙の言葉で　濡れたくはない
青空、あの日の青空、ひとりきり

この曲は、５枚目のオリジナルアルバムである『招待状のないショー』（１９７６年）に収録されている。

井上陽水は、初期のセンチメンタリズムから大きく転換した。彼は、社会通念化した価値観を相対化する。微笑を浮かべたニヒリズムが、そこにはある。

そして、彼は「青空、ひとりきり」なのである。しかしながら、青空のように彼は、晴れ晴れとしている。社会的なしがらみを超越した、達観的な心境と言えるだろう。

虚無主義は、知的水準の高い若者にありがちかもしれない。また、１９７０年代という時代の空気にも合致していたのだろう。

井上陽水のインタビューやアンケートでも、この頃、物事を斜に構えて見ており、何でもはぐらかすような内容であった印象がある。それを見て、それに憧れる若者も多かったと思われる。

このように見てくると、谷川俊太郎の感傷のない叙情性が、日本の詩歌において、いかに特異なものであるか、納得できるだろうと思う。

彼の詩を中国語に翻訳している田原（ティアン・ユアン）は、谷川俊太郎が中国で人気がある理由のひとつとして、彼のようなタイプの詩人が中国にも今までいなかったことを挙げている[10]。

また、谷川俊太郎の詩を英訳しているウィリアム・I・エリオットは、彼の詩が米国で人気がある理由として、詩が非常に分かりやすいことを指摘している[11]。いわゆる日本人離れした谷川俊太郎の心性・感性が、米国人にも理解しやすいのではないかと、筆者は考えている。

谷川俊太郎に関する統計データ分析では、初期に孤独が際立っているという結果になった。彼の孤独や、それの基調になっている感傷のない叙情性を、井上陽水との対比において、詳述した。

5 出会い、愛の萌芽、二人でつくる未来

この章では、谷川俊太郎における初期の叙情性から、どのような心性に展開していった

かを見ていく。

(1) 井上陽水の場合

まず、井上陽水にみられる「出会い、愛の萌芽、二人でつくる未来」の例を挙げる。

帰れない二人（井上陽水・忌野清志郎作詞）

思ったよりも夜露は冷たく
二人の声もふるえていました
「僕は君を」と言いかけた時
街の灯が消えました
もう星は帰ろうとしてる
帰れない二人を残して

街は静かに眠りを続けて

口ぐせのような夢を見ている
結んだ手と手のぬくもりだけが
とてもたしかに見えたのに
もう夢は急がされている
帰れない二人を残して

もう星は帰ろうとしてる
帰れない二人を残して

この曲は、３枚目のオリジナルアルバムである『氷の世界』（１９７３年）に収録されている。

なおこのアルバムは、発売から2年後の１９７５年8月に、日本レコード史上初のＬＰ販売１００万枚突破の金字塔を打ち立てた。

「僕は君を」に続く言葉は、「愛している」である。この歌詞は、男女が出会ってから告白にいたるまでの、最も幸福な時間を描写している。都会的な夜景と相俟って、ロマンティックな雰囲気を醸し出している。

第4章では、井上陽水の虚無主義に関して論述した。この曲における恋愛観は、一見、それと矛盾するようにも見える。しかし、どんな人でも多面性を有している。特に、この曲は忌野清志郎との合作であるため、このような側面が強調されたと思われる。

このような「出会い、愛の萌芽、二人でつくる未来」は、日本人の心に脈々と流れ続けているものかもしれない。

典型例は、ベストセラーとなった俵万智『サラダ記念日』（1987年）である。この作品に関しては、第一部で詳述した。

近年の例は、コロナ禍でも大ヒットした映画『花束みたいな恋をした』（2021年、土井裕泰監督作品、菅田将暉・有村架純主演作）が挙げられる。二人は別れてもなお、美しい思い出を胸に残している。

⑵ 谷川俊太郎の場合

それに対して、谷川俊太郎の場合、「出会い、愛の萌芽、二人でつくる未来」は、複雑なニュアンスを多く含んでいる。(12)具体例を挙げる。

ほほえみの意味（谷川俊太郎）

昼間あんなにもひどい言葉で私を傷つけた唇が
今は意味のない呻《うめ》きの形にひらかれている
たたなずく屋根また屋根のそのいちいちの下で
いったい何人の我々がこうしていることだろう
あなたがあなたのことしか考えぬように
私も私のことしか考えることができないのに
ひとりではつくれない未来のために
こころごころに不安な計画をあたためている

焦点の定まらぬあなたの視線は私の肩をかすめ
雨もりのしみのある天井に向けられているが
その先にある宇宙は人間には大きすぎる
ちりばめられた星々に負けぬにぎやかさで
都会はいつまでもめざめているけれど
もうまぎらわすものは何ひとつないと覚って
私たちはこの小さな部屋に戻ってきた
番《つが》う犬番う小鳥とのただひとつのちがいは
お互いの頬に浮かぼうとするかすかなほほえみ
その意味は問えば失われてしまうだろう

この詩は、『空に小鳥がいなくなった日』（１９７４年）に掲載されている。谷川俊太郎が、42歳の頃の作品である。

ここには、「男女における愛の葛藤」が描かれている。これは、夏目漱石『道草』や、現代アメリカ文学を代表するポール・ボウルズ『シェルタリング・スカイ』なども共通する、永遠のテーマであると言えるだろう。

「あなたがあなたのことしか考えぬように　私も私のことしか考えることができない」

二人は、それぞれの自我のゆえ、二人の関係性にしっくりとこない葛藤を抱えている。

「ひとりではつくれない未来のために　こころごころに不安な計画をあたためている」

すなわち、二人の未来は不安を感じさせるものである。

「もうまぎらわすものは何ひとつないと覚って　私たちはこの小さな部屋に戻ってきた」

二人にとっては、この小さな部屋で二人で過ごすことが、それでも、二人にとっての帰る場所なのである。

「番《つが》う犬番う小鳥とのただひとつのちがいは　お互いの頰に浮かぼうとするかすかなほほえみ　その意味は問えば失われてしまうだろう」

男女の間には、愛しているのか憎んでいるのか、分からないような泥沼が時に存在する。そこから救ってくれるのは、ほほえみであるとも考えられる。しかし、それは不確かなものである。その意味は問えば失われてしまうかもしれない。

この詩は、第3章で論述した「老婆」以降の作品である。このように、複雑なニュアンスを含む詩が多くなっている。

解釈と鑑賞という視点から、谷川俊太郎と詩の変遷を見ていくと、彼の詩は次のように区分されるのではないかと、筆者は考えている。

前期：感傷のない叙情性
中期：複雑なニュアンス
後期：実験的な心性

前期と中期の境目には、「老婆」の詩がある。

第2章と第3章では、谷川俊太郎の詩は老婆という他者の発見で大きく展開することを見てきた。

解釈と鑑賞という視点から谷川俊太郎と詩の変遷を見ても、「老婆」という「他者の発見」が、前期と中期の大きな転回点となっている。

「統計データ分析」の結果を「解釈と鑑賞という方法」から補完すると、以上のような展開が、谷川俊太郎と詩の変遷に関して見えてくる。

6 愛の変容

谷川俊太郎の詩における「複雑なニュアンス」の典型例として、「愛の変容」に関する詩の具体例を挙げておく(13)。

　これが私のやさしさです（谷川俊太郎）

窓の外の若葉について考えていいですか
そのむこうの青空について考えても？
永遠と虚無について考えていいですか
あなたが死にかけているときに

あなたが死にかけているときに
あなたについて考えないでいいですか
あなたから遠く遠くはなれて
生きている恋人のことを考えても？

それがあなたを考えることにつながる
とそう信じてもいいですか
それほど強くなっていいですか
あなたのおかげで

愛は「ファイナル・ワード」であると、臨床心理学者の河合隼雄は、谷川俊太郎との対談において述べている。[14]愛という言葉を使ってしまうと、すべてが終わってしまう。心理療法が、もはやそれ以上に進展しなくなってしまうという意味である。

だが、谷川俊太郎の詩においては、そこから「愛の変容」がみられる。右記の詩では、愛という言葉は使われてはいない。しかし、この詩は愛の変容の一例であると思う。あなたが死にかけているときに、あなたを忘れる。そして、生きている恋人を愛する。それが、あなたを愛することにつながる。これは、遠くはなれた危篤の母親などを連想させる。この詩において表現されている逆説的な愛のかたちは、愛の変容の典型例であると言うことができるであろう。

谷川俊太郎に関する統計データ分析の表1と表2を見ると明らかであるが、谷川俊太郎は全般的に愛という言葉をよく用いている。愛は、彼の生涯にわたるテーマである。

なお、この詩は、『谷川俊太郎詩集』（１９６８年）に掲載されている。谷川俊太郎が、36歳の頃の作品である。

このように、谷川俊太郎の詩には、様々な愛が描かれている。

ここまで、愛の変容に関する詩の具体例を挙げて説明した。

7 実験的な心性

(1) 谷川俊太郎の実験的な詩

ここからは、実験的な詩に関して論述する。

まず、谷川俊太郎における実験的な詩の具体例を示す[15]。

うんこ（谷川俊太郎）

ごきぶりの　うんこは　ちいさい

ぞうの　うんこは　おおきい

うんこというものは
いろいろな　かたちをしている

いしのような　うんこ
わらのような　うんこ

うんこというものは
いろいろな　いろをしている

うんこというものは
くさや　きを　そだてる

うんこというものは
たべるむしも　いる

どんなうつくしいひとの
うんこも　くさい

どんなえらいひとも
うんこを　する

うんこよ　きょうも
げんきに　でてこい

谷川俊太郎の特徴は、ひらがな詩などの実験的な詩を含めて、詩作のバリエーションが非常に豊富なことである。

谷川俊太郎に関する統計データ分析において述べた区分で言えば、実験的な詩は、1期で有意に少なく、2期から増える。特に、3期で有意に多い。右記の詩は、3期のものである。

「うんこ」は、『どきん』（1983年）に収録されている。この詩集は、谷川俊太郎が51歳の時に出版された。

実験的な詩は、実験的な心性から生み出される。既成の価値観や伝統から一歩踏み出して、新たな境地へと超克しようとする姿勢が、実験的な詩を模索する。

ひらがな詩などはまた、大和言葉から構成されているという特徴を持つ。大和言葉を用いた歌詞の典型例としては、俳優の石坂浩二が作詞して、ビリー・バンバンが歌った『さよならをするために』（1972年）が挙げられる。

以上のような大和言葉を用いた詩を読むと、そこでは日本人の原風景を描いているようにも思われる。

谷川俊太郎の詩を英訳したウィリアム・I・エリオットは、「谷川俊太郎は、六世紀ころに仏教の思想や中国文学によって、阻まれてしまった日本の詩歌の原点に立ち返った詩人である」と述べている。[16] 谷川俊太郎の特徴を的確に把握した、大変に興味深い見解であると思う。

全般的に、谷川俊太郎の言葉遣い・気質・心性には、いわゆる日本人離れした独特の雰囲気を認めるが、それでいて、どこか懐かしさを感じさせるものでもある。

以上、谷川俊太郎における実験的な詩に関する具体例を挙げた。

⑵ 井上陽水の実験

井上陽水の特徴としても、実験的な詞が挙げられる。具体例を示す。

アジアの純真（井上陽水作詞）

北京　ベルリン　ダブリン　リベリア
束になって輪になって
イラン　アフガン　聴かせてバラライカ

美人　アリラン　ガムラン　ラザニア
マウスだってキーになって
気分　イレブン　アクセス　試そうか

開けドアー

今はもう
流れでたらアジア

白のパンダを　どれでも　全部　並べて
ピュアなハートが　夜空で　弾け飛びそうに　輝いている
火花のように

火山　マゼラン　シャンハイ　マラリア
夜になって　熱が出て
多分　ホンコン　瞬く　熱帯夜

開けドアー
涙　流れても
溢れ出ても　アジア

地図の黄河に　星座を　全部　浮かべて

ピュアなハートが　誰かに　めぐり会えそうに　流されて行く
未来の方へ

白のパンダを　どれでも　全部　並べて
ピュアなハートが　世界を　飾り付けそうに　輝いている
愛する限り
瞬いている

今　アクセス　ラブ

この曲は、二人組の女性ユニット、ＰＵＦＦＹのデビューシングル（１９９６年）であり、出世作と言える。オリコン・カラオケチャートでは、12週連続1位を記録した。１９９７年には、この曲をそれぞれ作詞・作曲した井上陽水・奥田民生が、井上陽水奥田民生名義で、この曲をセルフカバーしている（『ショッピング』１９９７年）。

この歌詞は、言葉遊びを中心としており、ある意味、無意味な言葉の羅列とも言える。

しかしながら、ＰＵＦＦＹという二人組女性ユニットのイメージである、アジアのピュアなハート（純真）を、見事に描いている。

なお、このような言葉遊びは、劇作家・野田秀樹の初期作品『野獣降臨（のけものきたりて）』などにも、顕著な傾向として表れている。[17] また、ＮＨＫ教育テレビ（Ｅテレ）『ピタゴラスイッチ』では、言葉遊びの秀作が数多く視聴できる。

ここまでの研究をまとめると、以下のようになる。

実験的な詩は、伝統や既存の価値を超克しようとする意欲的な姿勢から生み出される。その心性は、谷川俊太郎と井上陽水の共通点である。

谷川俊太郎の場合は、初期の感傷のない叙情性から、複雑なニュアンスを孕んだ愛の萌芽・愛の変容を経て、ひらがな詩を中心とした実験的な詩を多く書く時期へと至る。ここにおいて、老婆という他者の発見が、大きな転機となっている。

それに対して、時代精神を代表すると思われる井上陽水の場合は、初期のセンチメンタリズムという叙情性から、ニヒリストの孤独や愛の萌芽を経て、言葉遊びを中心とした実験的な歌詞を生み出すようになった。

両者の相違点は、以上のようにまとめることができると思う。

なお、谷川俊太郎の青年時代における孤独には、感傷のない叙情性が根底にある。彼は他者の視点を獲得した後、複雑なニュアンスを孕んだ愛の萌芽・愛の変容を描くようになる。これらは、先に述べた統計データ分析を「補完」する内容である。

以上、「統計データ分析」と「内面的な構造の展開に関する分析と考察」を、相互補完的に用いて、谷川俊太郎の生涯にわたる詩作の変遷を詳しく研究した。

その結果、谷川俊太郎という稀有な詩人の特徴が、明らかになった。

前半の統計データ分析では特に「青年期」の特徴が、後半の内面的な構造に関する分析と考察では「成人前期」における詩作の特色が、明確化したように思われる。

8 考察

谷川俊太郎は、先に述べたように、日本の詩歌の原点に立ち返った詩人である。と同時に、彼は時代の先端を拓くフロントランナーであるとも言えると思う。

て論述する。この第8章では、谷川俊太郎に関する代表的な研究を振り返り、彼の「革新性」に関し

(1) 山田兼士はフランス文学研究者である。谷川俊太郎の第一詩集から最新作まで、〈からだ〉〈こども〉をキーワードにして、精緻な考察を行っている。[18] 〈からだ〉そのものを主題とし主体ともする瑞々しくかつ端正な詩が谷川俊太郎によって生み出されていることは現代詩にとって一つの事件(89頁)。〈こども〉の世界にはあらゆる〈おとな〉の世界の雛形がそろっている(145頁)。このように谷川の新しさを指摘している。

(2) 田原(ティアン・ユアン)は、谷川俊太郎の詩を中国語に翻訳している。谷川詩の普遍的意義、創作手法及び芸術性という視点から、谷川詩について論じ、詩人としての全体像を描いている。[19] 「谷川の詩歌の言語・言語環境は純日本的でありつつ、紛れもなく世界に属している。(中略)彼は気高く純粋な精神的境地に立って、自らの〈宇宙観〉と〈新しい人類意識〉及び独特の詩歌に対する美意識を確立している」(51頁)と、谷

川の斬新性を総括している。

(3) 四元康祐はドイツ在住の詩人である。〈谷川俊太郎〉という宇宙の、現場と原理を捉えてみたいと述べている。[20] 全編を通して独創的で精緻な分析・チャート化を行い、かつてない谷川俊太郎論を展開している。
「谷川俊太郎は「内なる母親」を殺すと同時に、より深い意識のレベルで再生させてきた」（335頁）と、谷川の革新的な詩作を概説している。

(4) ウィリアム・I・エリオットは、谷川俊太郎の詩を英語に翻訳している。アメリカ人が谷川俊太郎の詩を好む理由を二つ挙げている。[21] 第一に彼の詩は比較的明解であること、第二に詩と作者が一致していることを指摘している。
谷川は、日本の詩歌の原点に立ち返った詩人であると述べている。逆に、そこには時代の先端を行く「革新性」が見てとれる。

以上、谷川俊太郎に関する代表的な研究を振り返り、彼の「革新性」に関して論述した。

9 まとめ

筆者は、伝統的な研究と統計学的研究を統合した、文理融合的な研究を目指している。両者は、相互補完的であるべきだと筆者は考えている。

本研究の目的は、現代日本を代表する詩人・谷川俊太郎における詩の変遷を解明することである。そのため、生涯にわたる詩作を総括する『自選谷川俊太郎詩集』を研究対象とした。

前半では、新しい試みとして、統計学的手法すなわち残差分析と数量化3類という統計データ分析法を用いた。残差分析で仮説を立てて、数量化3類により実証した。

次の点が分かった。谷川俊太郎の青年時代では、孤独や自意識が支配的だった。その後、「老婆」が他者の象徴として彼の詩に現れる。すなわち、彼は他者の視点を獲得していく。それから谷川俊太郎は実験的な詩を多く作る。

後半は、伝統的な解釈と鑑賞という方法を用いて、内面的な構造に関する考察を行った。特に、谷川俊太郎と井上陽水の持つ内在的な構造の一部を比較した。これも、新しい試みである。

その結果、以下の点が明らかになった。

(1) 谷川俊太郎の青年時代における孤独には、感傷のない叙情性が根底にある。彼は他者の視点を獲得した後、複雑なニュアンスを孕んだ愛の萌芽・愛の変容を描くようになる。

(2) 時代精神を代表すると思われる井上陽水の場合は、初期のセンチメンタリズムという叙情性から、ニヒリストの孤独や愛の萌芽を経て、言葉遊びを中心とした実験的な歌詞を書くようになった。それに対して谷川俊太郎は、初期の感傷のない叙情性から、複雑なニュアンスを孕んだ愛の萌芽・愛の変容を経て、ひらがな詩を中心とした実験的な詩を書く時期へと至る。ここで、老婆という他者の発見が大きな転機となっている。

以上、谷川俊太郎の生涯にわたる詩作の特徴が明らかになった。

前半の統計データ分析では特に「青年期」の特徴が、後半の内面的な構造に関する考察では「成人前期」における詩作の特色が、明確化したように思われる。

最後に考察から、次の点が明らかになった。

谷川俊太郎は日本の詩歌の原点に立ち返った詩人である。と同時に、彼は時代の先端を拓くフロントランナーである。

今後は夏目漱石の小説に関する統計データ分析を行い、近代日本の自我について研究を深めたいと考えている。

〈注〉

(1) 谷川俊太郎『自選谷川俊太郎詩集』（岩波文庫）（岩波書店、２０１３年）

(2) 竹田青嗣『陽水の快楽』（河出書房新社、１９８６年）
ロバート・キャンベル『井上陽水英訳詞集』（講談社、２０１９年）

(3) 残差分析は、中野博幸・田中敏『フリーソフトjs-STARでかんたん統計データ分析』（技術評論社、２０１２年）70〜83頁を参照。数量化理論（数量化３類）は、柳井久江『エクセル統計―実用多変量解析編―』（オーエムエス出版、２００５年）１５８〜１６２頁参照。
なお、本研究では、計量文献学・計量言語学と呼ばれている学問分野とは、異なるアプローチを

行った。以下の文献も参照。村上征勝、金明哲、土山玄、上阪彩香『計量文献学の射程』（勉誠出版、２０１６年）、伊藤雅光『計量言語学入門』（大修館書店、２００９年）

(4) 谷川俊太郎　前掲書　３９１頁

(5) 伊藤和光「日本文学を通した文化研究の試み(1)―俵万智と現代日本文化―」（『日本文学の統計データ分析』に収録）

(6) 谷川俊太郎　前掲書　16〜18頁

〈英訳〉Tanikawa Shuntaro, William I. Elliott (tr.) and Kazuo Kawamura (tr.), Shuntaro Tanikawa: Selected Poems (Persea Books 2001) pp. 17–18

(7) 谷川俊太郎　前掲書　３８７〜３８８頁

(8) 〈日本語訳〉パスカル、前田陽一・由木康（訳）『パンセ』（中公文庫）（中央公論新社、１９７３年）１４６頁

〈フランス語原文〉Blaise Pascal, Michel Le Guern (ed.), Pensées (Gallimard 2004) p. 161

(9) 小林秀雄「中原中也の思い出」『作家の顔』（新潮文庫）（新潮社、２００７年）１７７〜１８６頁

(10) 田原『谷川俊太郎論』（岩波書店、２０１０年）２１４頁

(11) ウィリアム・I・エリオット「谷川俊太郎、そぞろ歩き的品定め」牧野十寸穂（編集）『國文學 解釈と教材の研究』１９９５年　11月号（學燈社、１９９５年）32〜36頁、特に33頁

(12) 谷川俊太郎　前掲書　１２０〜１２１頁

(13) 同書　91〜92頁

⒁ 河合隼雄、谷川俊太郎『魂にメスはいらない――ユング心理学講義――』（講談社＋α文庫）（講談社、1993年）247頁
⒂ 谷川俊太郎　前掲書　199～200頁
⒃ ウィリアム・I・エリオット　前掲書　35頁
⒄ 野田秀樹『野獣降臨』（新潮文庫）（新潮社、1985年）
⒅ 山田兼士『谷川俊太郎の詩学』（思潮社、2010年）
⒆ 田原　前掲書
⒇ 四元康祐『谷川俊太郎学――言葉vs沈黙』（思潮社、2012年）
(21) ウィリアム・I・エリオット　前掲書　32～36頁

第三部

芭蕉連句の統計データ分析 (1)

芭蕉連句の統計データ分析 (1)

―数量化3類による俳諧七部集の比較―

要旨：

筆者は、統計データ分析と伝統的な解釈と鑑賞という研究方法を用いた日本文学の「文理融合的研究」を目指している。

この論文では新しい試みとして、数量化理論、特に数量化3類による芭蕉連句の統計データ分析を行った。俳諧七部集の特徴を明らかにすることが研究の目的である。

その結果、以下の点が明確化した。

(1)　質的データを基にして数量化3類による分析を行った。俳諧七部集における各巻の関係を図式化した。『曠野』は、他のクラスターとは離れたところにプロットされた。『ひさご』は、『冬の日』群の近くに、隣接してプロットされた。『猿蓑』群は、『冬の日』群とはやや離れたところに、隣接してプロットされた。『炭俵』

群は、『冬の日』群のクラスターとは最も離れたところ、『猿蓑』群の先にプロットされた。各巻の関係を図式化して明らかにした。

特に、今まで評価が分かれていた『続猿蓑』は、一連の流れの中で『炭俵』の延長線上に位置付けられており、他の巻に比べてかけ離れているものではなかった。むしろ、『曠野』が、他のクラスターとは離れたところにプロットされた。これが特徴的である。

(2) また数量化3類の散布図から、芭蕉一門における俳風の変遷が明らかになった。第1軸の庶民性は初期から晩期まで一方向的に増加していく。それに対して、第2軸の笑いや写実はいったん『曠野』で急降下する。そのあと元に戻り、増加していく傾向にある。

(3) さらに、統計学では捉えきれない「鑑賞」という行為に関して言及した。『炭俵』「梅が香の巻」の冒頭部分では、美的センスが光彩を放っている。芭蕉の連句は、芸術性と通俗性という二面性を併せ持っていると考えられる。また、『猿蓑』を鑑賞という視点から読むと、特に均衡美を感じさせる句が目立つ。

(4) 最後に、鑑賞という行為の新しい方法論について述べた。「関与しながらの観察」という方法が、ヒントになると筆者は考えている。そこでは、意識的・無意識的に感じていることを「言語化」することが不可欠であると思われる。

今後は、俳諧七部集にふさわしいかどうか評価が分かれている『続猿蓑』を主に「数量化2類」という統計データ分析の方法を用いて詳しく研究したいと考えている。

1 はじめに

俳諧七部集とは、江戸時代初期、主に芭蕉一門の発句や連句を集めた撰集、7部12冊の名称である（表1参照）。芭蕉の没後に佐久間柳居が編集し、1732年（享保17年）頃に成立した。

なお、『春の日』には芭蕉の連句は含まれていない。

また『続猿蓑』は、芭蕉の没後に刊行された追悼集で

表1　俳諧七部集の刊行年一覧

書名	刊行年	
1『冬の日』	貞享元年	1684年
2『春の日』（芭蕉連句なし）	貞享3年	1686年
3『曠野』	元禄2年	1689年
4『ひさご』	元禄3年	1690年
5『猿蓑』	元禄4年	1691年
6『炭俵』	元禄7年	1694年
7『続猿蓑』（追悼集）	元禄11年	1698年

ある。この『続猿蓑』の評価に関しては、意見が分かれている。一方で、『炭俵』と同じように「軽み」を表す資料として、『続猿蓑』を評価する研究者もいる。他方、幸田露伴のように、『続猿蓑』は読む価値がないとする研究者もいる。

筆者は「統計データ分析」と「伝統的な解釈と鑑賞」という研究方法を用いた日本文学の文理融合的研究を目指している。二つの方法には、それぞれ、一長一短がある。両者は、相互補完的であるべきだと筆者は考えている。

修士論文において筆者は、「残差分析」を用いた芭蕉連句の統計データ分析を行った。(1)この論文では、新しい試みとして、数量化理論、特に「数量化3類」による芭蕉連句の統計データ分析を行う。研究の目的は、俳諧七部集の特徴を明らかにすることである。

統計データの分析は、アドインソフトを使用してパソコンで行った。(2)特に、本研究では、評価が分かれている『続猿蓑』の俳諧七部集全体における位置付けを明らかにした。

結論を先取りして言えば、『続猿蓑』は俳諧七部集という一連の流れの中で『炭俵』の延長線上に位置付けられており、他の巻に比べて特にかけ離れているものではなかった。むしろ『曠野』が、他のクラスターとは離れたところにプロットされた。これが特徴的である。

『続猿蓑』に関しては、第二論文において「数量化2類」という統計データ分析の方法を用いて、さらに詳しく研究したいと思う。

最後に、本研究は修士論文をスタートラインにして、さらにそれを発展させたものである。

宮本陽一郎教授（放送大学）には、修士論文の研究指導をしていただいた。また野村亞住講師（玉川大学）からは、修士論文に関する貴重なコメントをいただいた。

両先生に、心より感謝いたします。

2 数量化3類による分析

まず、新しい試みとして、修士論文における頻度の数量的データを基にして、俳諧七部集の総括的な把握を行う。すなわち、「古典の援用・ユーモア・オノマトペの三点と風景・日常生活の話題」に関して、頻度の数量的データを質的データ（カテゴリーデータ）に変換した。それについて、数量化3類という統計データ分析の方法を用いて、分析を行う。

表2が基本となる。

質的データ（カテゴリーデータ）への変換は、一種のアンケート調査とも考えられる。すなわち、表2は、回答1・回答2・回答3という質的データ（カテゴリーデータ）を表している。

例えば、古典の援用に関して、回答1は頻度0～1（数値データ）、回答2は頻度2～4（数値データ）が該当するなどとした。

なお、質的データに変換する際、数量化理論の指標に従って行った。

具体的には、頻度が2以下であるカテゴリーは統合した。

また、サンプル数が極端に小さな項目は、データの偏りを考慮して削除した。

カテゴリーの統合も項目の削除も、基準に従って行っている。

本研究では、図表を見やすくする都合上、やむなく、以下の略称を用いた。

『冬の日』1は、「狂句こがらしの巻」を表す。

『冬の日』2は、「はつ雪の巻」を表す。

『冬の日』3は、「霽の巻」を表す。

表2　古典の援用・ユーモア・オノマトペの三点と、風景・日常生活の話題に関する数量化３類のためのカテゴリーデータを示す表

	似ているか	古典の援用	ユーモア	オノマトペ	風景	日常生活
『冬の日』 1	1	3	2	2	3	1
『冬の日』 2	1	2	1	2	3	2
『冬の日』 3	1	2	1	1	3	1
『冬の日』 4	1	3	2	1	2	2
『冬の日』 5	1	3	1	1	3	1
『曠野』 1	2	3	1	1	1	3
『ひさご』 1	1	2	2	1	1	3
『猿蓑』 1	2	3	2	2	2	3
『猿蓑』 2	2	2	2	2	1	3
『猿蓑』 3	2	2	1	2	2	2
『炭俵』 1	1	1	2	2	1	3
『炭俵』 2	1	1	2	1	2	2
『炭俵』 3	1	1	2	1	1	2
『続猿蓑』 1	3	1	1	2	1	3
『続猿蓑』 2	3	1	1	1	2	2
『続猿蓑』 3	3	1	1	1	2	3
回答 1	似ている	頻度0~1	頻度0~1	頻度0	頻度1~8	頻度1~8
回答 2	異なる	頻度2~4	頻度2~3	頻度1~3	頻度9~14	頻度9~15
回答 3	わからない	頻度5~7			頻度15~22	頻度16~22
	目的変数	説明変数	説明変数	説明変数	説明変数	説明変数

『冬の日』4は、「炭売の巻」を表す。
『冬の日』5は、「霜月の巻」を表す。
『曠野』1は、「雁がねの巻」を表す。
『ひさご』1は、「花見の巻」を表す。
『猿蓑』1は、「鳶の羽の巻」を表す。
『猿蓑』2は、「市中の巻」を表す。
『猿蓑』3は、「灰汁桶の巻」を表す。
『炭俵』1は、「梅が香の巻」を表す。
『炭俵』2は、「空豆の巻」を表す。
『炭俵』3は、「振売の巻」を表す。
『続猿蓑』1は、「八九間の巻」を表す。
『続猿蓑』2は、「霜の松露の巻」を表す。
『続猿蓑』3は、「夏の夜の巻」を表す。

「入力データ」

この16巻の入力データ（説明変数のみ）を、

表3　入力データ（数量化3類）

	古典の援用	ユーモア	オノマトペ	風景	日常生活
1	3	2	2	3	1
2	2	1	2	3	2
3	2	1	1	3	1
4	3	2	1	2	2
5	3	1	1	3	1
6	3	1	1	1	3
7	2	2	1	1	3
8	3	2	2	2	3
9	2	2	2	1	3
10	2	1	2	2	2
11	1	2	2	1	3
12	1	2	1	2	2
13	1	2	1	1	2
14	1	1	2	1	3
15	1	1	1	2	2
16	1	1	1	2	3

統計ソフトにインプットする（表3）。

数量化3類では、16巻のデータをインプットすることに注意。ここから、16巻の散布図が得られる。

その結果、次のようになった（表4、図1～図3）。

第1軸は、日常生活の話題で多く、古典の援用や風景の話題で少ない。

第2軸は、風景の話題で多く、古典の援用で少ない。

図1～図3より、以下のことが分かった。

『曠野』は、他のクラスターとは離れたところにプロットされた。

『ひさご』は、『冬の日』群の近くに、隣接してプロットされた。

表4　数量化3類の結果

	第1軸	第2軸
固有値	0.051309	0.025517
カテゴリー数量		
古典の援用	−1.12819	−1.476
ユーモア	0.560105	−0.51167
オノマトペ	0.282874	0.757213
風景	−1.007168	1.343971
日常生活	1.340596	−0.10363

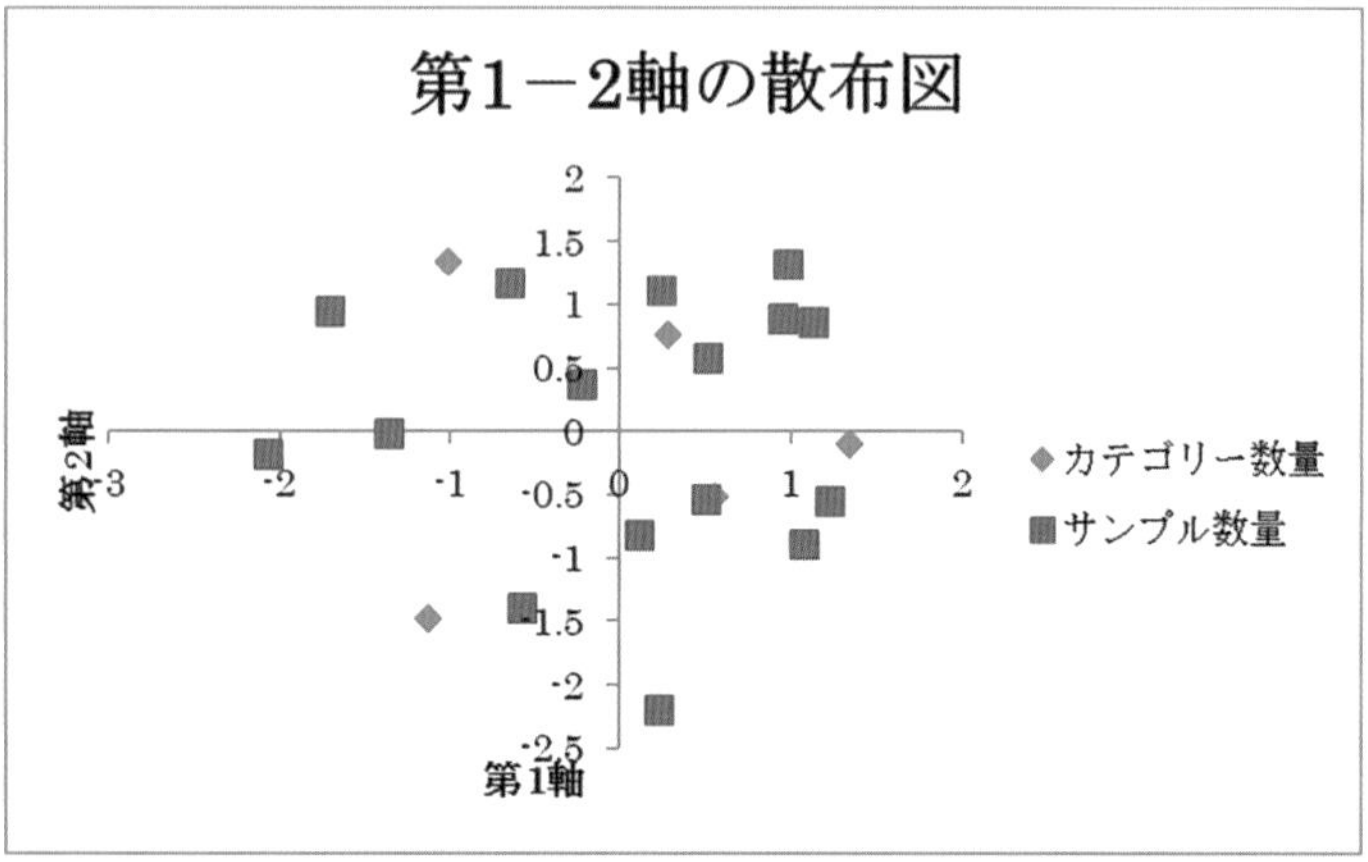

図１　数量化３類による第１－２軸の散布図

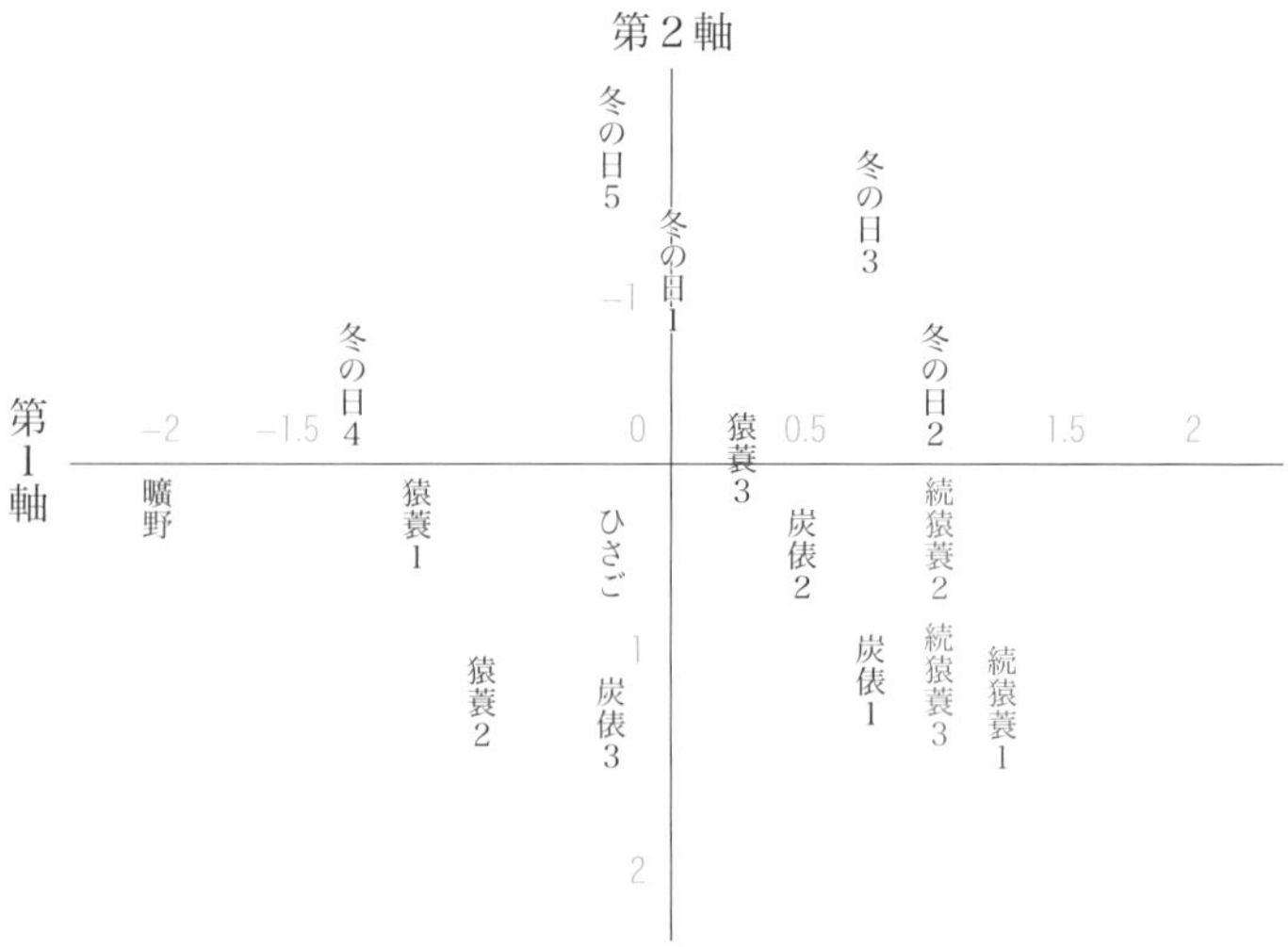

図２　数量化３類　サンプル数量散布図の詳細

『猿蓑』群は、『冬の日』群とはやや離れたところに、隣接してプロットされた。

『炭俵』群は、『冬の日』群のクラスターとは最も離れたところ、『猿蓑』群の先にプロットされた。

『続猿蓑』は『炭俵』の延長線上にプロットされた。

　以上の結果から、次の点が明らかになった。

『曠野』は『冬の日』とかなり異なる。

『ひさご』は『冬の日』と似ている。

『猿蓑』は、『冬の日』とはやや異なる。違いはまだ少ない。

『炭俵』は『冬の日』とは最も異なる。『猿蓑』よりも違いが大きい。

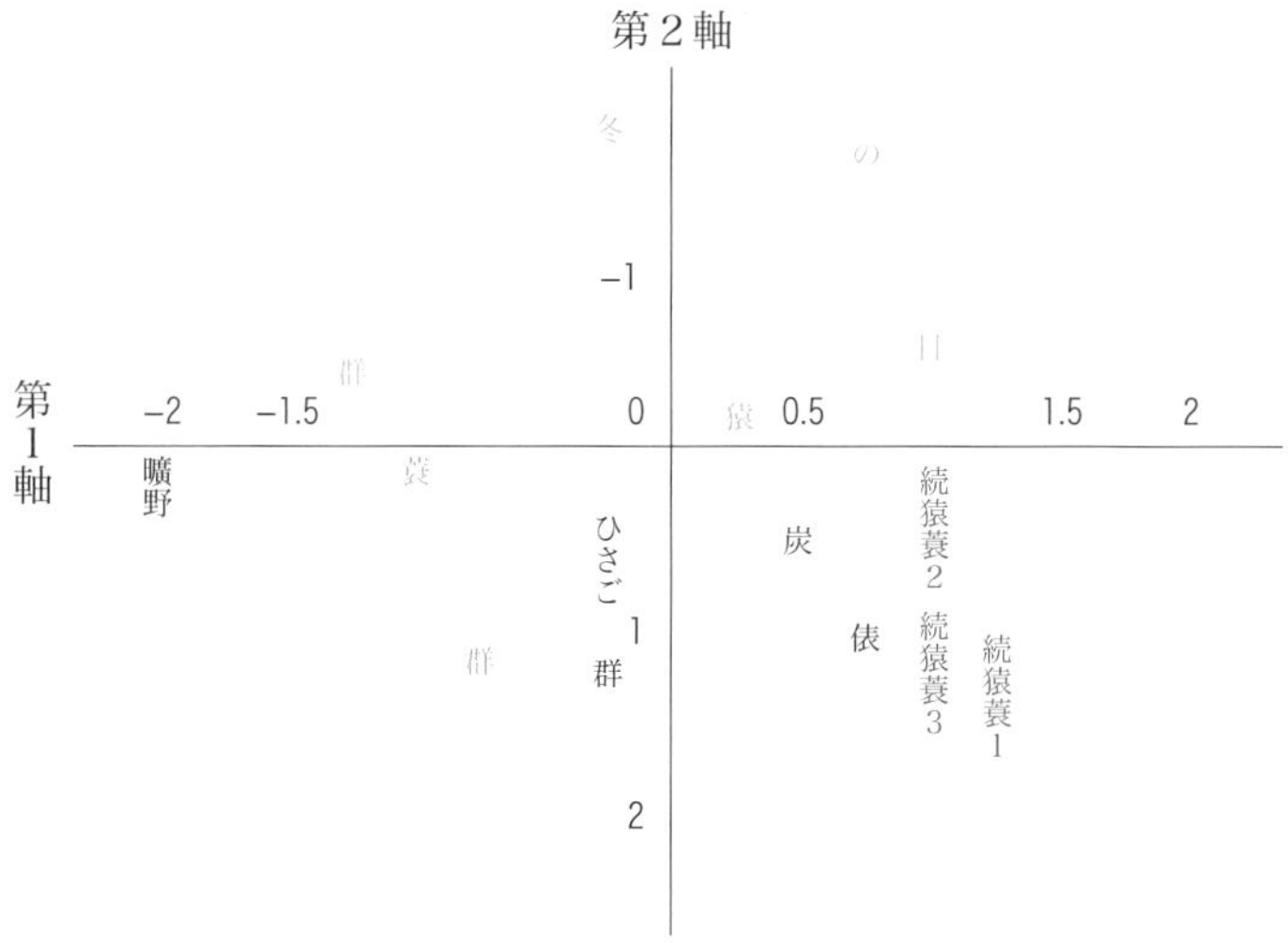

図３　数量化３類　サンプル数量散布図の模式図

『続猿蓑』は『炭俵』の延長線上に位置付けられた。
ここにおいて、第1軸と第2軸は次のように解釈される。

(1) 第1軸は、「庶民性の軸」と推測される。
(2) 第2軸は、「笑いや写実の軸」と推測される。

このような二次元の平面において、俳諧七部集の位置付けが明確化された。すなわち、俳諧七部集における各巻の位置付けを、ポジショニングマップで図式化することができた。これは、今回の研究で初めて明らかになったことである。

特に、これらの結果より、評価が分かれている『続猿蓑』の俳諧七部集全体における位置付けが明らかになった。

結論を言えば、『続猿蓑』は俳諧七部集という一連の流れの中で『炭俵』の延長線上に位置付けられており、他の巻に比べて特にかけ離れているものではなかった。むしろ『曠野』が、他のクラスターとは離れたところにプロットされた。これが特徴的である。

3 俳風の変遷

数量化3類の散布図は、俳諧七部集における連句の史的変遷として解釈することもできる。

すなわち、数量化3類の散布図から、芭蕉一門の「俳風の変遷」も明らかになった。次の模式図のようになる（図4）。

前述したように、

（A）第1軸は「古典の援用」で寄与が小さく、「日常生活の話題」で寄与が大きい。「庶民性の軸」と推測される。

（B）第2軸は「ユーモア」や「風景の話題」で寄与が大きい。「笑いや写実の軸」と考えられる。

(1)　第1軸の「庶民性」は、初期から晩

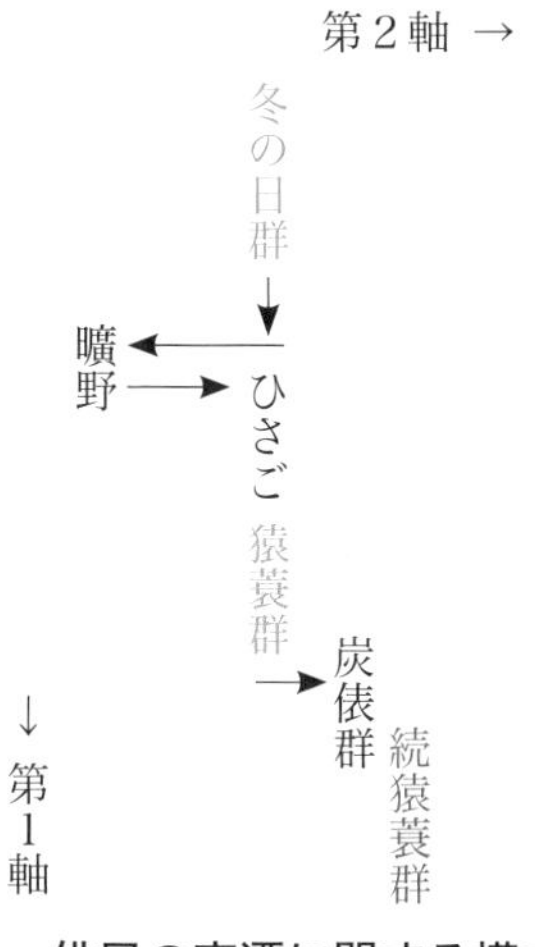

図4　俳風の変遷に関する模式図

期まで、一方向的に増加していく。

(2) それに対して、第2軸の「笑い」や「写実」は、いったん『曠野』で急降下する。そのあと元に戻り、増加していく傾向にあることが、数量化3類の散布図から分かった。

修士論文の残差分析では、第1軸の「庶民性」のみが俳風の変遷として明らかになっていた。本研究においては、さらに第2軸も含めて、多元的に俳風の変遷を把握することができた。

以上が、芭蕉一門の「俳風の変遷」に関して、新たに分かったことである。

俳諧七部集を通して読むと、初期の『冬の日』と、晩年の『炭俵』『続猿蓑』では、違う作者の作品ではないかと思うくらい俳風が異なっている。

そのような直観的印象が、統計データ分析によって、明確に図式化されたと思う。

最後に、俳諧七部集の主たる作品である『冬の日』・『猿蓑』・『炭俵』に関して、筆者の研究をまとめておく。

（A）『冬の日』は、古典の援用・面影付け・風景の話題が多い。重厚な文体が目につく。貞門俳諧の影響も受けつつ、芭蕉一門の独自性という萌芽が見られる作品と考えられる。

（B）それに対して『炭俵』は、古典の援用が少なく、面影付けがない。日常生活の話題が多い。ユーモアが、有意に多い。あっさりとした文体が目立つ。美的センスが光彩を放っている。内容・形式両面において日常性に重点を置いた「軽み」を追求した作品と言えるだろう。

（C）『猿蓑』においては、古典の援用・面影付けが見られる。日本の古典が、圧倒的に多い。ユーモアが比較的に多い。文体は、バランス感覚を感じさせる。均衡美に優れている。俳諧七部集において中期の作品である『猿蓑』は、初期に詠まれた『冬の日』と晩年に刊行された『炭俵』の中間にあって、中庸・バランス感覚に優れた作品と言える。

『冬の日』・『猿蓑』・『炭俵』の共通点・相違点を整理した。「作品論」という視点から、今までの筆者による研究をまとめると、以上のようになる。

次章からは、統計学では捉えきれない点について論述する。

すなわち、「鑑賞」という点をさらに詳しく述べる。

4 鑑賞という行為

第4章では、鑑賞という視点から論述を行う。

(1) 美的センス

まず、芭蕉の連句における「美的センス」について考察する。

(1) 統計学的研究では、「鑑賞」という営みは捉えることが難しい。

文学作品の「鑑賞」とは、まず作品を読む。次に、それが表現するところをつかみとる。さらに、その良さを味わう。これら一連の行為を指す。鑑賞は、複雑な行為からなる複合的なものであり、単純明快に捉えることは難しい。

特に、統計学的研究は、あくまで一つの断面で対象を捉えたものである。判断基準も、画一的・一律・単調になりがちである。また、鑑賞の最終段階における「その良さを味わう」という行為は、人間に特有な全人的な営みと言える。鑑賞といった営みは、統計学で捉えることが、「原理的」に難しい。

(2) 『炭俵』「梅が香の巻」の冒頭部分では、美的センスが光彩を放っている。

一般的に、鑑賞は複雑な行為である。しかしながら、俳諧七部集における芭蕉の連句を、鑑賞という視点から読むと、『冬の日』・『猿蓑』・『炭俵』などに、それぞれに特色がみられるように感じられる。特に、『炭俵』においては、「美的センス」が目につく。具体例を挙げる。『炭俵』「梅が香の巻」の冒頭部分である。(3)

発句：

5・1・1「むめがゝにのつと日の出る山路かな」芭蕉

Ume-ga ka-ni, notto hi-no deru, yamaji-kana. By Basho

（英訳）

Ume blossoms.

The scent is around me.

The sun is rising, as a giant gets up slowly,

on the way to the top of the mountain.

（反訳）梅の花　その香りが周りにある／日が昇っている　巨人がゆっくり起き上がるように／山の頂への道で

この発句は重要である。解釈と英訳の詳細を述べておく。

「梅が香に」の「梅」は、梅の花という意味である。たくさんある情景を詠んでいる。複数形Ume blossomsとする。

「梅が香に」の「が」は、助詞である。梅の香と同じ意味である。梅、その香りと読み替えて、Ume blossoms. The scentと訳すことができる。

「梅が香に」の「に」は、感嘆表現である。あたり一面という意味で、is around meを積極的に付加する。音読のリズムも整える。ルネ・シフェールによる仏訳では訳されていない。(4)

「のつと日の出る」の「日」は、太陽という意味である。太陽は一つしかない、The sunである。「梅」「香」に続いて、「日」のイメージが提示されている。

「のつと日の出る」の「の」は、助詞である。日が出ると同じである。英語らしく現在進行形に訳せる。

「のつと日の出る」の「のつと」は、芭蕉らしい「オノマトペ」（擬態語）である。「巨人がゆっくり起き上がるように」と、擬人化して解釈した。イメージの提示を重視する。as a giant gets up slowly と翻訳する。ルネ・シフェールによる仏訳では、単に soudain（突然）となっている。

「山路かな」の山路は、上り坂と下り坂、両方とも注解書にある。上り坂で、山の頂に向かう道から太陽が昇ると絵画的に解釈した。英語らしく、on the way to the top of the mountain とする。

坂を上がっていく・日が昇っていくイメージで、全体的に一行の音節数を増減させる。

後句：

5・1・2「処々に雉子の啼たつ」野坡

Tokorodokoro-ni, kiji-no nakitatsu. By Yaba

（英訳）

Here and there
pheasants are chirming now.

（反訳）あちこちで／雉が今　しきりに啼いている

「ところどころ」は、Here and there である。

「雉子」は、たくさんいると解して複数形にする。pheasants となる。

「啼たつ」は、しきりに啼いている、啼いて飛び立つ、両方とも注解書にある。たくさんいるので前者と考えた。英語らしい臨場感を出すよう、現在進行形にする。pheasants are chirming と訳す。ここで、発句における視覚や嗅覚の美に、聴覚の美が付け加えられる。

英語として、音読する際のリズムにも留意して、now を付加する。

以上のように、冒頭の発句における視覚や嗅覚の美に加えて、後句では聴覚の美が付加されている。この冒頭部分は、芭蕉連句を代表する箇所とされる。芭蕉の研究書において、頻繁に引用されている。

この後句を詠んだ「野坡」は、両替商三井越後屋の番頭だったが、後に、志して職業的俳諧師となった人物である。謂わば、芭蕉の一番弟子と言える。『炭俵』「梅が香の巻」は、芭蕉と野坡の二名によって詠まれている。両吟である。この傑作は、芭蕉と彼の一番弟子による芭蕉連句の真髄とも言える。

特に、『炭俵』「梅が香の巻」の冒頭部分では、「美的センス」が、光彩を放っている。

(3) 芭蕉の連句は、芸術性と通俗性という二面性を併せ持っていると考えられる。

このように、芭蕉の連句は高い芸術性を有している。
他方、芭蕉連句には、通俗性を感じさせる箇所も多い。
具体例を挙げる。『炭俵』「梅が香の巻」19番目の句である。(5)

5・3・1「東風々に糞のいきれを吹まはし」芭蕉
Kochikaze-ni, koe-no ikire-wo, huki-mawashi. By Basho

(英訳)
In the east wind
a foul smell of night soil
is blown about.

(反訳) 春の生暖かい風が／(糞便からなる) 肥料の悪臭を／盛んに吹き散らしている

これは、あまりにも極端な例かもしれない。「糞便からなる肥料の悪臭」を詠んだ句である。

この前句は、「門で押るゝ壬生の念仏」(芭蕉) という句となっている。賑やかな、京都

「壬生念仏」の日、門の所では、大勢の参拝客がひしめいている、という意味である。それを踏まえて、本句を付けた。江戸時代当時、京都の壬生寺付近は田園であり、湿気にむれた糞便の異臭が漂っていたとする。どちらも、芭蕉本人が詠んだ句である。芭蕉の連句には、このような通俗的な一面も確かにある。

このような芭蕉の通俗性には、伝統を打破する革新性という意味合いも、あったのかもしれない。糞便の句を読むと、そのような推測も脳裏に浮かぶ。一見すると大衆に迎合した通俗性のようでありながら、革新的な意味合いを含んだ通俗性を、芭蕉は意図していたとも考えられる。

俳諧七部集は、江戸時代には俳人必読の書であった。すなわち、江戸時代には、発句を詠む人は皆、連句も作っていた。そして、連句の教科書として、俳諧七部集も広く読まれていた。

後年、明治時代になって、正岡子規は、「発句は文学なり、連俳（連句）は文学に非ず、故に論ぜざるのみ」とした。すなわち、いわゆる「連句非文学論」を唱えた。そのため、それ以降は、連句はあまり詠まれなくなった。俳諧七部集も、読まれなくなっていく。

現在でも、俳句に比べて連句を作る人は少ない。また、連句の研究者も多くない。このような経緯が、連句にはある。

なぜ正岡子規は、連句は文学ではないと主張したのだろうか？　正岡子規は、連句の通俗的な部分を強調して、あるいはそれに幻滅して、あるいはそれに反発して、「連句非文学論」を唱えたのかもしれない。筆者は、そう推測している。

芭蕉の連句には、芸術性と通俗性という二面性がある。正岡子規は、連句の芸術性を否定した。以上の点について論述した。


〈まとめ〉

統計学的研究では、鑑賞という営みは捉えることが難しい。『炭俵』「梅が香の巻」の冒頭部分では、美的センスが光彩を放っている。芭蕉の連句は、芸術性と通俗性という二面性を併せ持っていると考えられる。

(2) 均衡美

次に、均衡美に関して論述する。

一般に、『猿蓑』は俳諧の古今集と言われている。すなわち「俳諧の古今集也」と、許六は『宇陀法師』の中で述べている。ちなみに『宇陀法師』は、1702年（元禄15年）に刊行された俳諧論書である。また「猿蓑集に至りて全く花実を備ふ。是を俳諧の古今集ともいふべし」と、支考は『発願文』で記している。『発願文』は、1715年（正徳5年）成刊の句文集である。

このように、『猿蓑』は俳諧七部集の中でも特に高く評価されている。『猿蓑』に関しては、仏訳、二種類の英訳、独訳も出版されている。(6)また、『俳文学大辞典』において、『猿蓑』の連句は「いわゆる『さび色』を基調として、隠逸閑雅の趣や庶民的な生活実感に富む情景を随所にちりばめ、恋の句にも多彩な工夫が見られる」とされる。一般に、さび、しをり、細みなどの清雅幽寂の世界が、『猿蓑』において結実されていると言われている。

そのような特徴を持つ『猿蓑』を、鑑賞という視点から読むと、特に均衡美を感じさせる句が目立つと、筆者は感じている。

次の例を挙げておく。(7)

発句：

4・5・1「市中は物のにほひや夏の月」凡兆

Ichinaka-wa, mono-no nioiya, natsu-no tsuki. By Boncho

(英訳)

In the town, the hot and humid smell of living hangs in the air.

We can see the cool summer moon in the sky.

(反訳) 町の中は、蒸し暑い生活の匂いが漂っている／空には、涼しげな夏の月がかかっている

後句：

4・5・2「あつし〳〵と門〳〵の声」芭蕉

Atsushi atsushi-to, kado kado-no koe. By Basho

(英訳)

People enjoy the cool outdoor air at the gate.

They incessantly complain about the heat.

(反訳) 人々は門口で涼んでいる／暑い暑いと言っている

凡兆の発句は、「市中熱闇の夏の夜の気分を巧みに描写した名句」と言われている。行きかう人々の体臭や、家々から漏れてくる蒸れた食べ物の匂いなど、生活の匂いすべてが「物のにほひ」という語に凝集されている。「市中」から、作者の住む京都の市井の雰囲気が読者にも伝わる。狭苦しい市街の空気が濁った蒸し暑さと対照的に、天上には夏の清らかな月が涼しげな味わいを示している。感覚の鋭い凡兆の特色をよく表している。

この発句の中には、五感を総動員した味わいがある。それに加えて、生活実感と風景のバランス・調和・統一も保たれている。謂わば、均衡美を感じさせる名句であると、筆者は考えている。

芭蕉が付けた後句からは、家が建てこんでいる町の中の様子が目に見えるようである。老若男女が、家の中にはじっとしていられない。団扇をしきりに使う人々の光景、世間話に夢中になっている声、将棋を指している音など、映画のような情景が想像される。凡兆の発句を、さらに際立たせている。

先に述べたように、『炭俵』「梅が香の巻」では、美的センスを感じさせる句が光彩を放っていた。この『猿蓑』「市中の巻」の冒頭部分においては、均衡美を感じさせる発句が、特に際立っている。

なお、太宰治は『猿蓑』に関して、「天狗」という小品の中で、自分の意見を展開している。[8] 初出は「みつこし」1942年（昭和17年）である。その中で太宰は、この凡兆が詠んだ発句を絶賛している。「いい句である。感覚の表現が正確である。自分の過去の或る夏の一夜が、ありありとよみがえって来るから不思議である」と述べている。そして、芭蕉や去来の句に関しては、否定的な意見を記している。凡兆が芭蕉一門からは後に離脱した人物であることも、太宰の評価には影響しているのかもしれない。なお太宰は最後に、「夏の暑さに気がふれて、筆者は天狗になっているのだ。ゆるし給え」という言葉で文章を結んでいる。太宰治が『猿蓑』について意見を述べていること、しかも凡兆の発句を高く評価していることなど、非常に興味深い。

〈まとめ〉

『猿蓑』を、鑑賞という視点から読むと、特に均衡美を感じさせる句が目立つ。

以上、この章では、『炭俵』の美的センス・『猿蓑』における均衡美に関して、試論を詳述した。

5 ここまでのまとめ

筆者は「統計データ分析」と「伝統的な解釈と鑑賞」という研究方法を用いた日本文学の文理融合的研究を目指している。

この論文では数量化理論、特に数量化3類による芭蕉連句の統計データ分析を行った。俳諧七部集の特徴を明らかにすることが目的である。

その結果、以下の点が明確化した。

(1) 新しい試みとして、質的データを基にして数量化3類による分析を行った。俳諧七部集における各巻の関係を図式化した。『曠野』は、他のクラスターとは離れたところにプロットされた。『ひさご』は、『冬の日』群の近くに、隣接してプロットされた。『猿蓑』群は、『冬の日』群とはやや離れたところに、隣接してプロットされた。『炭俵』群は、『冬の日』群のクラスターとは最も離れたところ、『猿蓑』群の先にプロットされた。各巻の関係を、図式化して明らかにした。特に、本研究では、評価が分かれている『続猿蓑』の俳諧七部集全体における位置付けを明らかにした。

結論を言えば、『続猿蓑』は俳諧七部集という一連の流れの中で『炭俵』の延長線上に位置付けられており、他の巻に比べて特にかけ離れているものではなかった。

むしろ『曠野』が、他のクラスターとは離れたところにプロットされた。これが特徴的である。

(2) また数量化3類の散布図から、芭蕉一門における俳風の変遷が明らかになった。第1軸の庶民性は初期から晩期まで一方向的に増加していく。それに対して、第2軸の笑いや写実はいったん『曠野』で急降下する。そのあと元に戻り、増加していく傾向にある。

(3) 最後に、統計学では捉えきれない「鑑賞」という行為に関して言及した。『炭俵』「梅が香の巻」の冒頭部分では、美的センスが光彩を放っている。芭蕉の連句は、芸術性と通俗性という二面性を併せ持っていると考えられる。また、『猿蓑』を鑑賞という視点から読むと、特に均衡美を感じさせる句が目立つ。

以上の点が、明らかになった。

6 考察、鑑賞という行為の「方法論」について

第4章では、鑑賞という視点から芭蕉連句の特徴を論述した。

ここでは、文学研究、特に鑑賞という行為の「方法論」に関して、私見を述べておく。

鑑賞という行為には、近代物理学をモデルとした自然科学の方法論とは別に、新しい方法論が必要だと思われる。

ここで、臨床心理学・精神医学で用いられている「関与しながらの観察」という方法が、ヒントになると筆者は考えている[9]。

そこでは、客観的データのみならず、観察者の感じ方という主観的要素もデータとなる。

これに関連して、小林秀雄は対談の中で「普遍的な美学」の可能性に言及しており、大変興味深い[10]。

すなわち、骨董屋で三十年来の飲み友達が亡くなった。彼の遺作となった俳句集を読むと、駄作だが、とにかく面白い。

そこから、芭蕉と交流のあった芭蕉の弟子たちは、さぞかし芭蕉の句が面白かっただろうと述べている。そして、後世の私たちが俳句の文字だけ読んで、これは名句だというふうに評価することを疑問視している。

小林秀雄の言葉で言えば、「生きている短い一生と生身の附き合い」、「鑑賞とか批評とかが、どうも宙ぶらりんなものに見えてくる」、「そういう世界のこと」に、彼は言及している。

そこから、「普遍的な美学」が作れないものかという趣旨の発言を対談の中でしている。

確かに、鑑賞という行為には、意識的・無意識的に、私たちの人生経験も大いに関与してくる。例えば、若いころと、中年になってからでは、同じ文学作品を読んでも感じ方が異なってくる。鑑賞や評価に際しては、そのような主観的要素（データ）が関与してくる。

では、私たちは、この問題にどう対処すれば良いのだろうか？

ここにおいて、あくまで私たちの感じ方を「言語化」することが根本的に重要であると、筆者は考えている。

意識的・無意識的に感じていることを「言語化」することは、非常に困難な作業である。

しかしながら、そのような努力を積み重ねることにより、人生経験も含めた私たちの感じ方が明確化する。観察者の主観的データが、より客観的なものになる。そして、多くの人に共有化される。作品の鑑賞や評価という行為も、より客観的なものになっていく。鑑賞という行為の新しい方法論には、意識的・無意識的に感じていることを「言語化」することが不可欠であると思われる。

自分への誡めも含めて、筆者はそのように考えている。

以上、文学研究、特に鑑賞という行為の「方法論」に関して、私見を述べた。

7 今後の研究

この論文では、新しい試みとして、数量化理論、特に「数量化3類」を用いて芭蕉連句の統計データ分析を行った。それにより、俳諧七部集の特徴をより明確化した。

今後は、俳諧七部集『続猿蓑』を、さらに詳しく研究したい。

すなわち、『続猿蓑』は、俳諧七部集にはふさわしくないという意見と、『炭俵』に似て軽みに関する貴重な資料であるという意見がある。

このように評価が分かれている『続猿蓑』を、「数量化2類」という統計データ分析の方法を用いることにより、さらに詳しく研究したいと筆者は考えている。

〈注〉

(1)　伊藤和光「俳諧七部集『炭俵』における芭蕉連句の統計学的研究」（放送大学修士論文、２０２１年12月）。この修士論文は現在、「放送大学システムＷＡＫＡＢＡ」にて公開されている。
なお研究にあたっては、以下の注解書などを参考にした。

（Ａ）幸田露伴『評釈芭蕉七部集』（岩波書店、１９８３年）

（Ｂ）伊藤正雄『俳諧七部集　芭蕉連句全解』（河出書房新社、１９７６年）

（Ｃ）白石悌三・上野洋三（校注）『芭蕉七部集』（新日本古典文学大系）（岩波書店、１９９０年）

（Ｄ）井本農一・堀信夫・久富哲雄・村松友次・堀切実（校注／訳）『松尾芭蕉集２』（新編日本古典文学全集）（小学館、１９８５年）

（Ｅ）復本一郎『芭蕉の言葉　『去来抄』〈先師評〉を読む』（講談社学術文庫）（講談社、２０１６年）

（Ｆ）加藤楸邨・大谷篤蔵・井本農一（監修）、尾形仂・草間時彦・島津忠夫・大岡信・森川昭（編）『俳文学大辞典　普及版』（角川学芸出版、２００８年）

(2)　数量化理論（数量化３類）に関しては、柳井久江『エクセル統計―実用多変量解析編―』（オーエムエス出版、２００５年）１５８〜１６２頁参照。統計データの分析は、同書付録「アドインソフトMulcel」を使用してパソコンで行った。

(3) 伊藤正雄　前掲書　２９７〜２９８頁

(4) René Sieffert (tr.), Le sac à charbon (Publications orientalists de France 1993) p. 19

(5) 伊藤正雄　前掲書　３０６頁

(6) 以下の文献を参照。

（仏訳）René Sieffert (tr.), Le Manteau de pluie du Singe (Publications orientalists de France 1986)

（英訳）Earl Miner and Hiroko Odagiri (tr.), The monkey's straw rain coat : and other poetry of the Basho school (Princeton library of Asian translations) (Princeton University Press 1981)

（英訳）Lenore Mayhew (tr.), Monkey's raincoat : linked poetry of the Basho school with Haiku selections (Tuttle 1985)

（独訳）Geza Siegfried Dombrady (tr.), Sarumino = Das Affenmäntelchen (Dieterich'sche Verlagsbuchhandlung 1994)

(7) 伊藤正雄　前掲書　２５４頁

(8) 太宰治「天狗」『太宰治全集10』（ちくま文庫）（筑摩書房、１９８９年）３２５〜３３１頁

(9) ハリー・スタック・サリヴァン、中井久夫ほか（共訳）『精神医学的面接』（みすず書房、１９８６年）などを参照。

(10) 小林秀雄、岡潔『人間の建設』（新潮文庫）（新潮社、２０１０年）74〜77頁

第四部

芭蕉連句の統計データ分析 (2)

芭蕉連句の統計データ分析 (2)

─数量化2類による俳諧七部集『続猿蓑』の検討─

要旨：

第三部で筆者は「数量化3類」を用いた芭蕉連句の統計データ分析を行った。この論文では「数量化2類」を用いた。特に俳諧七部集『続猿蓑』は『炭俵』と似ているか？　という問題を検討した。『続猿蓑』は今まで評価が分かれていた。

(1)　まず、新しい試みとして、数量化2類による統計データ分析を行った。『続猿蓑』は『炭俵』と似ているか調査した。

すなわち、『猿蓑』3巻と『曠野』1巻は似ている。『冬の日』5巻『ひさご』1巻『炭俵』3巻は異なるとする。そして『続猿蓑』3巻は「わからない」として、「予測」を行った。

相関比＝0・82なので、外的基準は比較的よく判別されていた。

『炭俵』3巻に似ているのは、古典の援用が多く、ユーモアが少なく、オノマトペが多く、風景の話題が少ない巻であることが分かった。「風景」の話題が最も影響する。

カテゴリースコアから、関係式を得た。

予測は、三つの方法で行った。『続猿蓑』は、『炭俵』と異なる。しかし、違いが曖昧な巻もあった。予測確率は、91%～93%だった。

(2) さらに、数量化3類の分析も行った。『続猿蓑』は、『炭俵』とは離れたところにプロットされた。しかし、かなり近い巻もある。その結果から、『続猿蓑』は『炭俵』とは異なること、かなり近い巻もあることが実証された。

以上の結果から、『続猿蓑』には『炭俵』とはっきり異なる巻と、サンプルスコアが小さく違いの曖昧な巻が、「混在」している。

はっきり異なる巻は、分析の方法という、いわば多様体の切断面によって変わってくることも今回の研究で分かった。

そのため、今までは『続猿蓑』の評価が分かれる事態となっていたと考えられる。

これらは、本研究によって初めて明らかになった。

(3) 最後に『続猿蓑』の連句について、具体例を挙げた。

また『続猿蓑』は芭蕉の添削・推敲作業が不十分だったため、完成度の低い作品になったことを考察した。

1 はじめに

俳諧七部集とは、江戸時代初期、主に芭蕉一門の発句や連句を集めた撰集、7部12冊の名称である(表1参照)。芭蕉の没後に佐久間柳居が編集し、1732年(享保17年)頃に成立した。

追悼集である『続猿蓑』に関しては、今まで評価が分かれていた。

すなわち一方で、『続猿蓑』は価値がないとされる。例えば、幸田露伴は次のように言っている[(1)]。

「七部集の称定まりてより最も其徳光を被れるものは続猿蓑なり。七部の一とせらるゝにあらずんば、誰か続猿蓑を口にせんや。又続猿蓑と称するにあらずば、如何で七部の一として顔を抗ぐるに堪へんや」(筆者注:称は略字に変えた)

表1　俳諧七部集の刊行年一覧

書名	刊行年	
1『冬の日』	貞享元年	1684年
2『春の日』(芭蕉連句なし)	貞享3年	1686年
3『曠野』	元禄2年	1689年
4『ひさご』	元禄3年	1690年
5『猿蓑』	元禄4年	1691年
6『炭俵』	元禄7年	1694年
7『続猿蓑』(追悼集)	元禄11年	1698年

その他方で、『続猿蓑』は『炭俵』と同じく軽みを示す貴重な資料であるとする意見も多い。

本研究では、この『続猿蓑』に関する評価という問題を、第一論文（第三部）に引き続いて、さらに詳しく検討する。

まず、数量化2類を用いて、予測を立てた。

次に、数量化3類によって、予測を検証した。

これらは、新しい試みである。

最後に、『続猿蓑』における句の具体例を挙げて、『続猿蓑』の製作過程を考察した。

なお、数量化理論について、ここで補足的な説明をしておく。

数量化理論とは、「統計数理研究所の元所長である林知己夫によって、1940年代後半から50年代にかけて開発された、日本独自の多次元データ分析法」である。

数量化2類では、アンケートデータを使って「予測」が行える。

すなわち、「一定の分量のアンケートの回答などを使用して、モデルを作り、それを利用して、今度旅館に来るAさんはこの旅館に満足するか、しないかなどを、予測する方法」と言える。

それに対して、先行研究でも用いてきた数量化３類は、アンケートデータを使って、「回答者のポジショニングや分類」が行える。

すなわち、回答者の似ている度合いを得点化して、ポジショニングマップを作成する。それにより、「商品やブランドのポジショニングや、回答者をグループ分けする」ときに、利用できる方法と言える。

どちらも、アンケートデータなどの「質的データ」を分析できる点が、共通点である。

筆者は、今までの先行研究において、数量化３類を用いてきた。

それにより、アンケートデータを使って、回答者の似ている度合いを得点化して、ポジショニングマップを作成した。すなわち、回答者のポジショニングや分類を図式化してきた。そのデータにより作品の似ている度合いを知ることによって、作品のグループ分け・詩作の変遷・俳風の変遷などを考察した。

この論文では、初めて、数量化２類を使用する。

すなわち、アンケートデータを使って「予測」を行う。

具体的には、俳諧七部集（『続猿蓑』を除く）のデータを使用して、まずモデルを作る。それを利用して、『続猿蓑』は『炭俵』と似ているか？　似ていないか？　ということを、「予測」する。

そのような試みを、本研究の前半部分では行った。このような数量化2類を使用した研究は、文学研究における初めての試みであると思われる。

以上、数量化理論、特に数量化2類に関して、補足的な説明を追加しておいた。

2 数量化2類による分析

この章では、「俳諧七部集のうち『続猿蓑』は、『炭俵』と似ているか？」という問題を扱う。数量化2類による統計データ分析を行う。『炭俵』3巻と似ているかどうか調査する。

すなわち、『猿蓑』3巻と『曠野』1巻は似ている。

『冬の日』5巻『ひさご』1巻『炭俵』3巻は異なるとする。

そして『続猿蓑』3巻は「わからない」として、「予測」を行う。(2)

⑴　まず、第三部で扱った修士論文の数値データを、質的データ（カテゴリーデータ）に変換して、表2を作成した。

質的データ（カテゴリーデータ）への変換は、一種の「アンケート調査」とも考えられる。

すなわち、表2は、回答1・回答2・回答3という質的データ（カテゴリーデータ）を表している。

例えば、古典の援用に関して、回答1は頻度0〜1（数値データ）、回答2は頻度2〜4（数値データ）が該当するなどとした。

なお、質的データに変換する際、数量化理論の指標に従って行った。

具体的には、頻度が2以下であるカテゴリーは統合した。

また、サンプル数が極端に小さな項目は、データの偏りを考慮して削除した。

カテゴリーの統合も項目の削除も、基準に従って行っている。

本研究では、「アンケート調査」の分析で広く用いられている数量化2類によって、統計データの分析を行った。

表2　古典の援用・ユーモア・オノマトペの三点と、風景・日常生活の話題に関する数量化2類のためのカテゴリーデータを示す表

		似ているか	古典の援用	ユーモア	オノマトペ	風景	日常生活
『冬の日』1		1	3	2	2	3	1
『冬の日』2		1	2	1	2	3	2
『冬の日』3		1	2	1	1	3	1
『冬の日』4		1	3	2	1	2	2
『冬の日』5		1	3	1	1	3	1
『曠野』1		2	3	1	1	1	3
『ひさご』1		1	2	2	1	1	3
『猿蓑』1		2	3	2	2	2	3
『猿蓑』2		2	2	2	2	1	3
『猿蓑』3		2	2	1	2	2	2
『炭俵』1		1	1	2	2	1	3
『炭俵』2		1	1	2	1	2	2
『炭俵』3		1	1	2	1	1	2
『続猿蓑』1		3	1	1	2	1	3
『続猿蓑』2		3	1	1	1	2	2
『続猿蓑』3		3	1	1	1	2	3
回答	1	似ている	頻度０〜１	頻度０〜１	頻度０	頻度１〜８	頻度１〜８
	2	異なる	頻度２〜４	頻度２〜３	頻度１〜３	頻度９〜14	頻度９〜15
	3	わからない	頻度５〜７			頻度15〜22	頻度16〜22
		目的変数	説明変数	説明変数	説明変数	説明変数	説明変数

なお、図表を見やすくする都合上、やむなく、以下の略称を用いた。
『冬の日』1は、「狂句こがらしの巻」を表す。
『冬の日』2は、「はつ雪の巻」を表す。
『冬の日』3は、「霽の巻」を表す。
『冬の日』4は、「炭売の巻」を表す。
『冬の日』5は、「霜月の巻」を表す。
『曠野』1は、「雁がねの巻」を表す。
『ひさご』1は、「花見の巻」を表す。
『猿蓑』1は、「鳶の羽の巻」を表す。
『猿蓑』2は、「市中の巻」を表す。
『猿蓑』3は、「灰汁桶の巻」を表す。
『炭俵』1は、「梅が香の巻」を表す。
『炭俵』2は、「空豆の巻」を表す。
『炭俵』3は、「振売の巻」を表す。
『続猿蓑』1は、「八九間の巻」を表す。
『続猿蓑』2は、「霜の松露の巻」を表す。

『続猿蓑』3は、「夏の夜の巻」を表す。

(2) 最初に、数量化2類に適用するデータは、次式の条件を満たしてなければならない。(3)

個体数＞説明変数カテゴリー総数－説明変数個数＋1

まず、関係式を作成するために数量化2類を適用する個体（巻）は、『冬の日』1〜5、『曠野』1、『ひさご』1、『猿蓑』1〜3、『炭俵』1〜3である。

個体数（巻数）は、合計13巻である。

次に、

説明変数カテゴリー総数＝3（古典の援用）＋2（ユーモア）＋2（オノマトペ）＋3（風景の話題）＋3（日常生活の話題）＝13

説明変数個数＝5より

説明変数カテゴリー総数－説明変数個数＋1＝13－5＋1＝9

したがって、
13＞9より、「このデータは数量化2類が適用できる」

(3)　次に、数量化2類を行う前の基本解析を行う。
要点のみ、挙げておく。字数の関係で、表は省略した。


「クロス集計」

ここでは、各カテゴリーに関して、似ているものと異なるものの割合を調べる。

それによって、例えばオノマトペが多いほど『炭俵』3巻に似ているなど、傾向が分かる。

「古典の援用が少ないほど、ユーモアが多いほど、オノマトペが少ないほど、風景の話題が多いほど、日常生活の話題が少ないほど、『炭俵』3巻に似ている」ことが分かった。

「クラメール連関係数（2×2表ではファイ係数）」

ここでは、縦軸と横軸の相関を調べる。

それによって、『炭俵』3巻に似ている度合いの寄与度を知ることができる。

「『炭俵』3巻に似ている度合いの寄与度は、日常生活の話題が最も高い」ことが分かった。

⑷　以下、数量化2類の本論を論述する。[4]

（A）数量化2類の結果

「入力データ」は、表2より抜粋した（表3）。

この13巻の入力データを、統計ソフトにインプットする。

この入力データに関して、まずモデルを作り、数量化2類による分析を行った。結果を以下に示す。

表3　入力データ（数量化2類）

	似ているか	古典の援用	ユーモア	オノマトペ	風景	日常生活
『冬の日』1	1	3	2	2	3	1
『冬の日』2	1	2	1	2	3	2
『冬の日』3	1	2	1	1	3	1
『冬の日』4	1	3	2	1	2	2
『冬の日』5	1	3	1	1	3	1
『曠野』1	2	3	1	1	1	3
『ひさご』1	1	2	2	1	1	3
『猿蓑』1	2	3	2	2	2	3
『猿蓑』2	2	2	2	2	1	3
『猿蓑』3	2	2	1	2	2	2
『炭俵』1	1	1	2	2	1	3
『炭俵』2	1	1	2	1	2	2
『炭俵』3	1	1	2	1	1	2

相関比＝０・８２なので、外的基準は比較的よく判別されている。

（B）カテゴリースコア

クロス集計から把握できたこと、すなわち、「各カテゴリーの回答者が『炭俵』３巻に似ているか異なるか」どちらに近いかを、数量で表現する。カテゴリースコアである。

図１より、具体的には「古典の援用の頻度０〜１」は−０・６８点、「古典の援用の頻度２〜４」は０・０７点である。

「古典の援用の頻度０〜１」は、「各カテゴリーの回答者が『冬の日』５巻と異なる」に近い。

「古典の援用の頻度２〜４」は「各カテゴリー

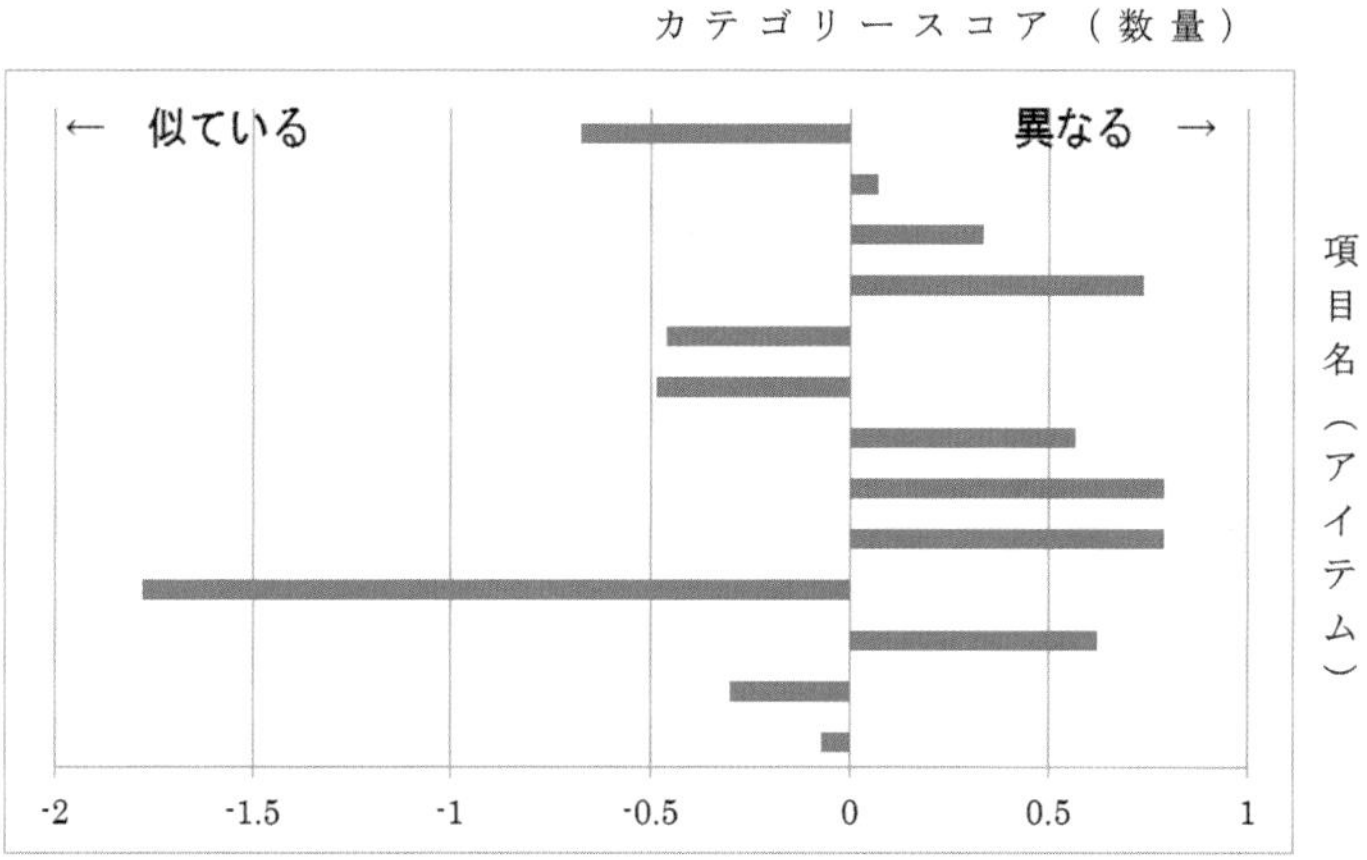

図１　項目名（アイテム）とカテゴリースコア（数量）の関係

の回答者が『冬の日』5巻に似ている」に近いことが分かる。
各カテゴリーの数量化である。

数量化2類のカゴリースコアからは、説明変数各カテゴリーの目的変数カテゴリーへの近さ（関連性）が把握できる。

要約すると、図1の左に突出している部分より、『炭俵』3巻に似ているのは、古典の援用が少なく、ユーモアが多く、オノマトペが少なく、風景の話題が多く、日常生活の話題が多い巻である。

（C）カテゴリースコアは関係式の係数である

今回の数量化2類を用いた分析に関する関係式を導きだす。
すなわち、「各カテゴリーの回答者が『炭俵』3巻に似ているか異なるか」どちらに近いかを、次の関係式を用いて数量で表現する。

ただし、関係式の係数は、以下のカテゴリースコアである（表4）。

$$y=\{a_{11}x_{11}+a_{12}x_{12}+a_{13}x_{13}\}+\{a_{21}x_{21}+a_{22}x_{22}\}+\{a_{31}x_{31}+a_{32}x_{32}\}$$
$$+\{a_{41}x_{41}+a_{42}x_{42}+a_{43}x_{43}\}+\{a_{51}x_{51}+a_{52}x_{52}+a_{53}x_{53}\}$$

$a_{11}x_{11}$ 古典の援用 頻度0~1	$a_{12}x_{12}$ 古典の援用 頻度2~4	$a_{13}x_{13}$ 古典の援用 頻度5~7	$a_{21}x_{21}$ ユーモア 頻度0~1	$a_{22}x_{22}$ ユーモア 頻度2~3	$a_{31}x_{31}$ オノマトペ 頻度0	$a_{32}x_{32}$ オノマトペ 頻度1~3
$a_{41}x_{41}$ 風景 頻度1~8	$a_{42}x_{42}$ 風景 頻度9~14	$a_{43}x_{43}$ 風景 頻度15~22	$a_{51}x_{51}$ 日常生活 頻度1~8	$a_{52}x_{52}$ 日常生活 頻度9~15	$a_{53}x_{53}$ 日常生活 頻度16~22	

$x_{11}, x_{12}, x_{13}, \mathrm{x}_{21}, x_{22}$は、1, 0データ

表４　関係式の係数つまりカテゴリースコア（数量）の一覧表

項目名（アイテム）	カテゴリー名	カテゴリースコア（数量）	
古典の援用	頻度０～１	a_{11}	−0.67544
	頻度２～４	a_{12}	0.06985
	頻度５～７	a_{13}	0.335412
ユーモア	頻度０～１	a_{21}	0.738037
	頻度２～３	a_{22}	−0.46127
オノマトペ	頻度０	a_{31}	−0.48631
	頻度１～３	a_{32}	0.567366
風景	頻度１～８	a_{41}	0.790754
	頻度９～14	a_{42}	0.790754
	頻度15～22	a_{43}	−1.7792
日常生活	頻度１～８	a_{51}	0.622719
	頻度９～15	a_{52}	−0.30246
	頻度16～22	a_{53}	−0.07117

以上で、今回の数量化2類を用いた分析に関する関係式を導きだすことができた。

これによって、「各カテゴリー の回答者が『炭俵』3巻に似ているか異なるか」のどちらに近いかを、数値で予測することができる。

(D) サンプルスコア

ここでは、関係式に代入してYを求めることを行う。表2から、全ての巻についてサンプルスコアを求める(表5)。

サンプルスコアの値が大きい巻

表5　全ての巻についてのサンプルスコア

No	巻	サンプルスコア	推定群	実績群
1	『冬の日』1	−0.71	1	1
2	『冬の日』2	−0.71	1	1
3	『冬の日』3	−0.83	1	1
4	『冬の日』4	−0.12	1	1
5	『冬の日』5	−0.57	1	2
6	『曠野』1	1.31	2	2
7	『ひさご』1	−0.16	1	1
8	『猿蓑』1	1.16	2	2
9	『猿蓑』2	0.90	2	2
10	『猿蓑』3	1.86	2	2
11	『炭俵』1	0.15	2	1
12	『炭俵』2	−1.13	1	1
13	『炭俵』3	−1.13	1	1

似ている層を1、異なる層を2

ほど、『炭俵』3巻と異なるといえる。

値がプラスの巻を異なる層、マイナスの巻を似ている層と呼ぶ。

表5における推定群で、似ている層を1、異なる層を2として記載した。

実績群は、似ているか異なるかの回答データである。

推定群と実績群は、『冬の日』5『炭俵』1を除けば、一致している。

カテゴリースコアは、推定群と実績群ができるだけ一致するように求められたものである。


以上、全ての巻についてサンプルスコアを求めた。

(E) 分析精度

分析精度を調べる方法を、二つ示す。

一つは、実績値（似ているか異なるか）とサンプルスコアとの相関比である。

相関比の値が大きいほど、分析精度は高い。

基準の0・5を上回れば、関係式は予測に使えると判断する。

表6より、

相関比＝0・73

関連は高い。基準を上回っている。

もう一つは、判別クロス表を用いる方法である。

判別クロス表は、サンプルスコアの符号「＋、－」と似ているかどうかをクロス集計したものである。

表7の判別クロス集計表において、右斜め下方向の数値は、実績値とサンプルスコアの符号が一致

表6　サンプルスコアと実績値の相関を求める表

No	サンプルスコア	実績群
1	−0.71	1
2	−0.71	1
3	−0.83	1
4	−0.12	1
5	−0.57	2
6	1.31	2
7	−0.16	1
8	1.16	2
9	0.90	2
10	1.86	2
11	0.15	1
12	−1.13	1
13	−1.13	1

似ている層を1、異なる層を2

した巻数を示している。

一致巻数の全巻数に占める割合を、判別的中率という。

判別的中率の値が大きいほど、分析精度は高い。

基準の75％を上回れば、関係式は予測に使えると判断する。

表7より、

判別的中率（75％以上）：（4＋7）÷13＝85％

相関比も判別的中率も、基準の値を上回っている。

これは、関係式（1次式）がどの程度データの散布図を近似しているかの指標である。

関係式を適用する場合、予測の精度は優れていることが分かった。

（F）説明変数の目的変数に対する重要度

表2における説明変数の項目数とカテゴリー数を再確認する。

表7　サンプルスコアと実績値の判別クロス表

判別クロス表

		実績		
		＋	－	全体
判別得点	＋	4	1	5
	－	1	7	8
	全体	5	8	13

項目数は5個、カテゴリー数は13個である。

13個のカテゴリーの目的変数のカテゴリーへの近さ（関連性）は、先のカテゴリースコアで把握できた。

5個の項目の目的変数に対する重要度のランキングは、次に述べる「レンジ（範囲）」と「寄与率」を知ることで把握することができる。

「レンジ（範囲）」は、当該項目のカテゴリースコアの最大値と最小値との差によって求められる。

古典の援用は、頻度5～7のカテゴリースコアが0.335412で最大である。

また、頻度0～1が−0.67544で最小となっている。

したがって、レンジは0.335412－（−0.67544）＝1.010852となる。

「寄与率」とは、各項目のレンジがレンジの合計に占める割合をいう。

レンジ、寄与率が大きい項目ほど、目的変数への影響度が大きい重要な項目だと言える。

全ての項目について、レンジ、寄与率を求めた（表8）。

「各カテゴリーの回答者が、『炭俵』３巻に似ているか異なるか」どちらに近いかには、「風景」の話題が最も影響する。

次に、「ユーモア」が続く。

第３位は、「オノマトペ」である。

以上の結果が分かった。

(G) 係数矛盾現象について

例えば、新規開店するお店の前を通行する人を対象に行った来店意向のアンケートで、単相関係数が０・５未満の説明変数があるときにみられるような係数矛盾現象を調べた。

本研究の例に、この考え方を適用してみよう（表９）。

要点を述べる。

表８　全ての項目に関するレンジと寄与率

項目名	レンジ	寄与率	順位
古典の援用	1.010852	15%	4位
ユーモア	1.19931	18%	2位
オノマトペ	1.05368	16%	3位
風景	2.569951	38%	1位
日常生活	0.925182	13%	5位
合計	6.758975	100%	

古典の援用・ユーモア・オノマトペ・風景では横%とカテゴリースコアの単相関係数が、0・5未満となっている。

例えば、来店意向のアンケート調査では、来店するかしないか一方向性の問題である。係数矛盾現象は、不適切な項目と判断される。

しかしながら、本研究では「似ている」「異なる」という「二方向性」の問題設定をしている。

また、先に挙げた項目は負の相関が高い。不適切な項目とは言えないと考えられる。

（H）『続猿蓑』に関するサンプルスコアを算出する。結果をまとめる（表10）。

表10の結果から、次に三つの方法で「予

表9　係数矛盾現象の検証（古典の援用・ユーモア・オノマトペ・風景では負の相関が高い）

項目名	カテゴリー名	全体	似ている	異なる	横% A	カテゴリースコアB	AとBの相関	係数矛盾現象
古典の援用	頻度0~1	3	3	0	100%	−0.67544	−0.97	×
	頻度2~4	5	3	2	60%	0.06985		
	頻度5~7	5	3	2	60%	0.335412		
ユーモア	頻度0~1	5	3	2	60%	0.738037	−1.00	×
	頻度2~3	8	6	4	75%	−0.46127		
オノマトペ	頻度0	7	6	1	86%	−0.48631	−1.00	×
	頻度1~3	6	3	3	50%	0.567366		
風景	頻度1~8	5	3	2	60%	0.790754	−0.98	×
	頻度9~14	4	2	2	50%	0.790754		
	頻度15~22	4	4	0	100%	−1.7792		
日常生活	頻度1~8	3	3	0	100%	0.622719	0.58	○
	頻度9~15	5	4	1	80%	−0.30246		
	頻度16~22	5	2	3	40%	−0.07117		

測」を行う。

(Ⅰ) 予測

ここでは、『続猿蓑』1〜3について、三つの方法で「予測」を行う。

(方法1)

サンプルスコアが、プラスなら「異なる」と判定する。マイナスなら「似ている」と判定する。

この方法は簡便法である。

表10の結果から、『続猿蓑』1〜3についてのサンプルスコアは、1・35、0・06、0・30である。プラスなので「異なる」と判定する。

(方法2)

「判別的中点」を求める。字数の関係で、表は省略した。

表10　『続猿蓑』1〜3についてのサンプルスコア

巻	サンプルスコア	推定群
『続猿蓑』1	1.35	2　異なる
『続猿蓑』2	0.06	2　異なる？
『続猿蓑』3	0.30	2　異なる？

サンプルスコアが判別的中点より大きければ、「異なる」と判定する。サンプルスコアが判別的中点より小さい値ならば、「似ている」と判定する。

サンプルスコアの度数分布表を作成する。

そして「似ている」「異なる」の累積%グラフの交点の横軸の値を、判別的中点という。

図2より、判別的中点はサンプルスコア0・05である。

サンプルスコア0・05が判別的中点とすると、

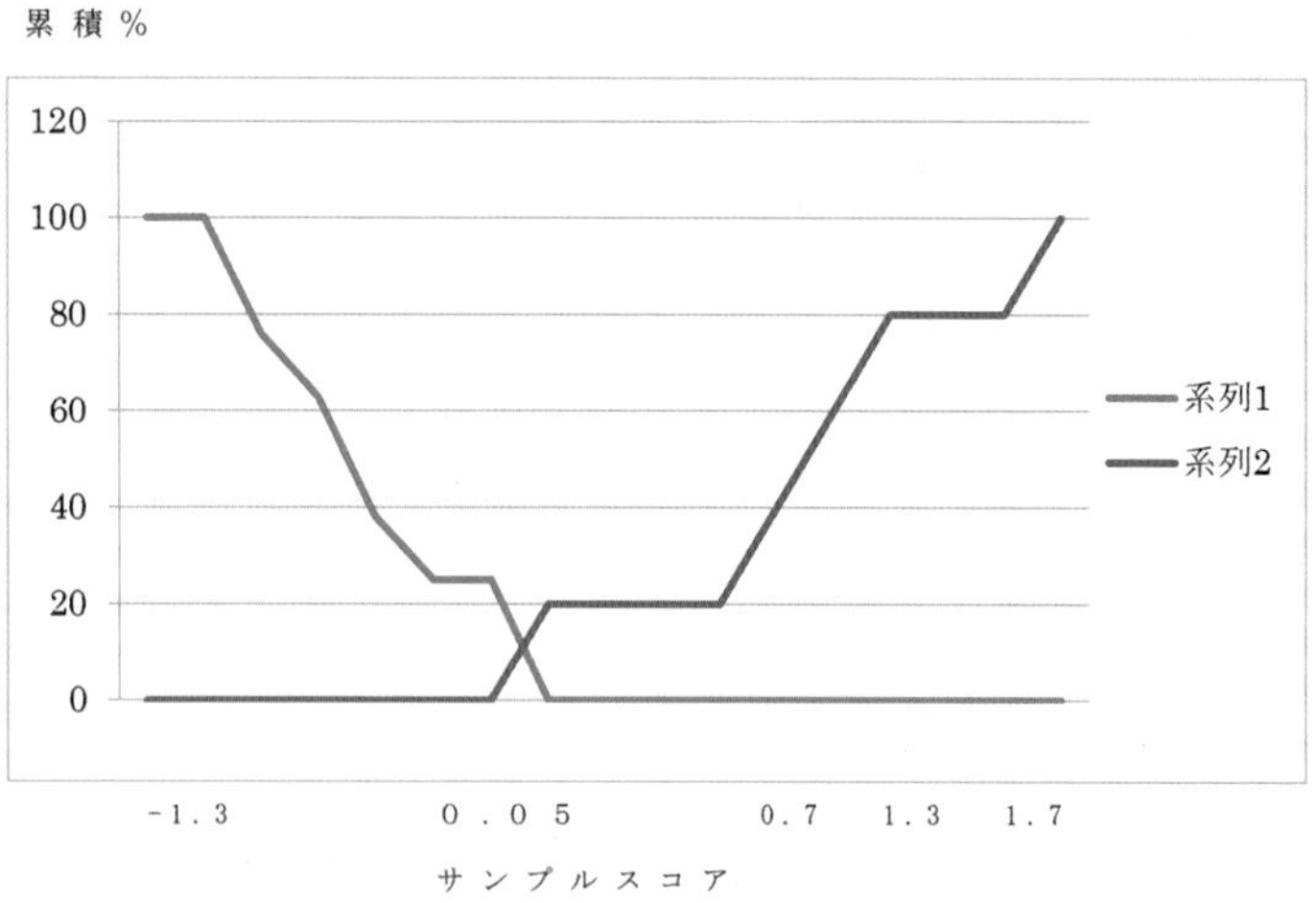

図2　判別的中点

サンプルスコア0.05。系列1は似ている累積%。系列2は異なる累積%。

『続猿蓑』1についてのサンプルスコアは1.35 > 0.05である。

「異なる」と判定する。

『続猿蓑』2についてのサンプルスコアは0.06 > 0.05である。

「異なる」と判定する。

『続猿蓑』3についてのサンプルスコアは0.30 > 0.05である。

「異なる」と判定する。


(方法3)

サンプルスコアを、「確率」に変換する。字数の関係で、表は省略した。

分析者が定めた基準確率、例えば75%以上の巻を「異なる」と判定する。

判別的中点の表における横%を、当該階級幅に属するサンプルスコアの確率と判断する。

階級値と確率の散布図に、1次関数を単回帰分析によって当てはめる。

1次関数のXに予測する2巻のサンプルスコアを代入して、確率を予測する。

予測値がマイナスの場合は0%、100%を超えた場合は100%とする。

全体に関して、単回帰分析を行うと、以下のとおりとなる（表11、表12、図3）。

表11　予測（確率法）の表（全体）

サンプルスコア		
階級幅	X：階級値	Y：確率
−1.2〜−1.0	−1.1	100%
−1.0〜−0.8	−0.9	100%
−0.8〜−0.6	−0.7	100%
−0.6〜−0.4	−0.5	100%
−0.2〜0	−0.1	100%
0	0	0%
0〜0.2	0.1	100%
0.8〜1.0	0.9	100%
1.0〜1.2	1.1	100%
1.2〜1.4	1.3	100%
1.8〜2.0	1.9	100%

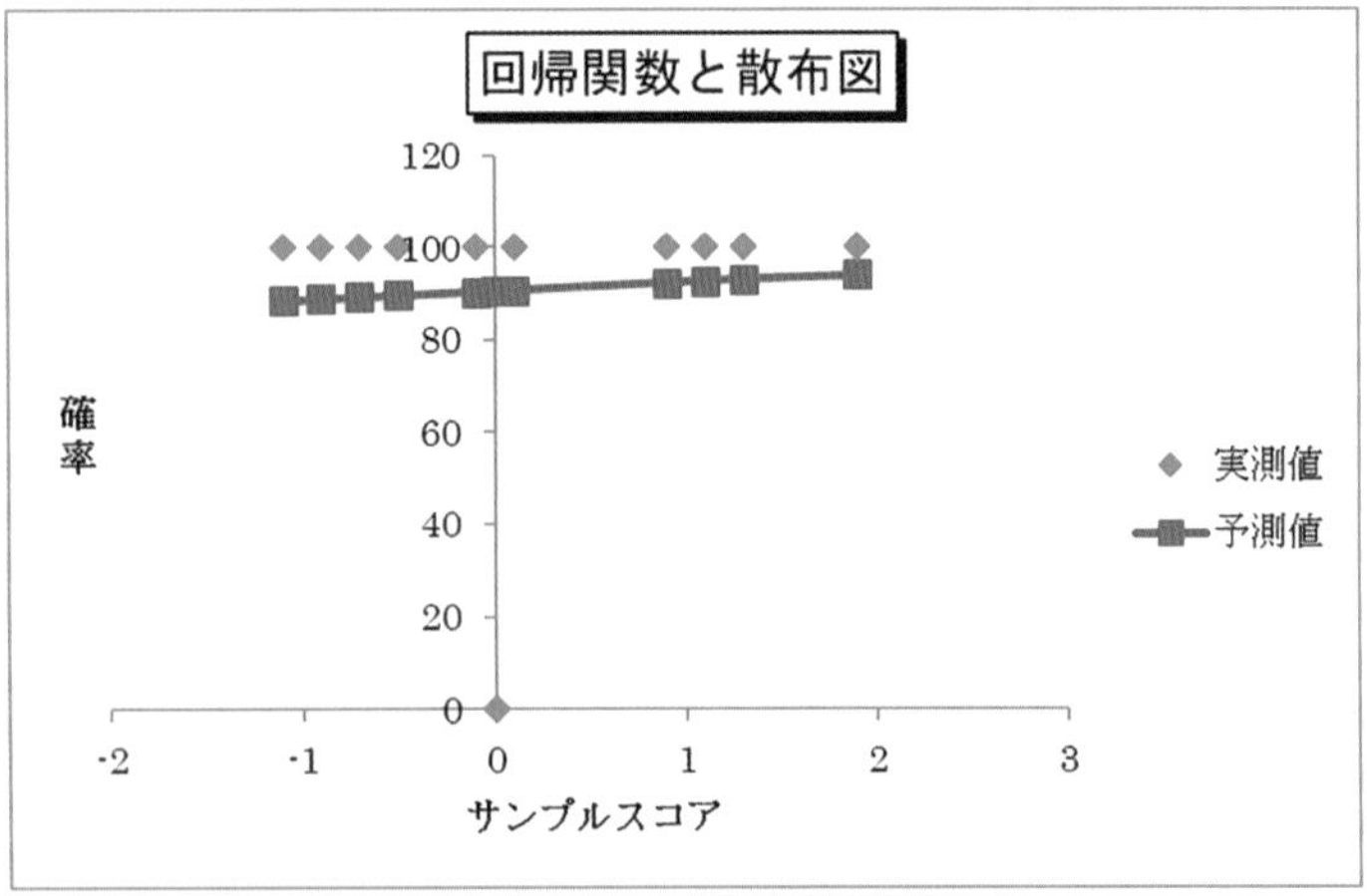

図3　単回帰分析による予測（確率法）：全体

なお、先に述べたように、本研究では「似ている」「異なる」という「二方向性」の問題設定をしている。

そこで、「似ている」群と「異なる」群を分けて、階級値と確率の散布図を作成してみた。

1次関数を単回帰分析によって当てはめると、以下のようになる（表13、図4）。

1次関数：$y=33.35431x+53.87036$

『続猿蓑』1についての予測：

$y=33.35431\times(1.349533)+53.87036=99\%$

『続猿蓑』2についての予測：

$y=33.35431\times(0.064581)+53.87036=56\%$

『続猿蓑』3についての予測：

$y=33.35431\times(0.295871)+53.87036=64\%$

以上、「似ている」群と「異なる」群を分けて、単回帰分析を

表12　『続猿蓑』1〜3に関する「予測」のまとめ

巻	サンプルスコア	方法1	方法2	方法3
『続猿蓑』1	1.35	異なる	異なる	異なる（確率93％）
『続猿蓑』2	0.06	異なる	異なる	異なる（確率91％）
『続猿蓑』3	0.30	異なる	異なる	異なる（確率91％）

表13　予測（確率法）の表（異なる群）

「異なる」群
サンプルスコア

階級幅	X：階級値	Y：確率
0	0	0%
0〜0.2	0.1	100%
0.8〜1.0	0.9	100%
1.0〜1.2	1.1	100%
1.2〜1.4	1.3	100%
1.8〜2.0	1.9	100%

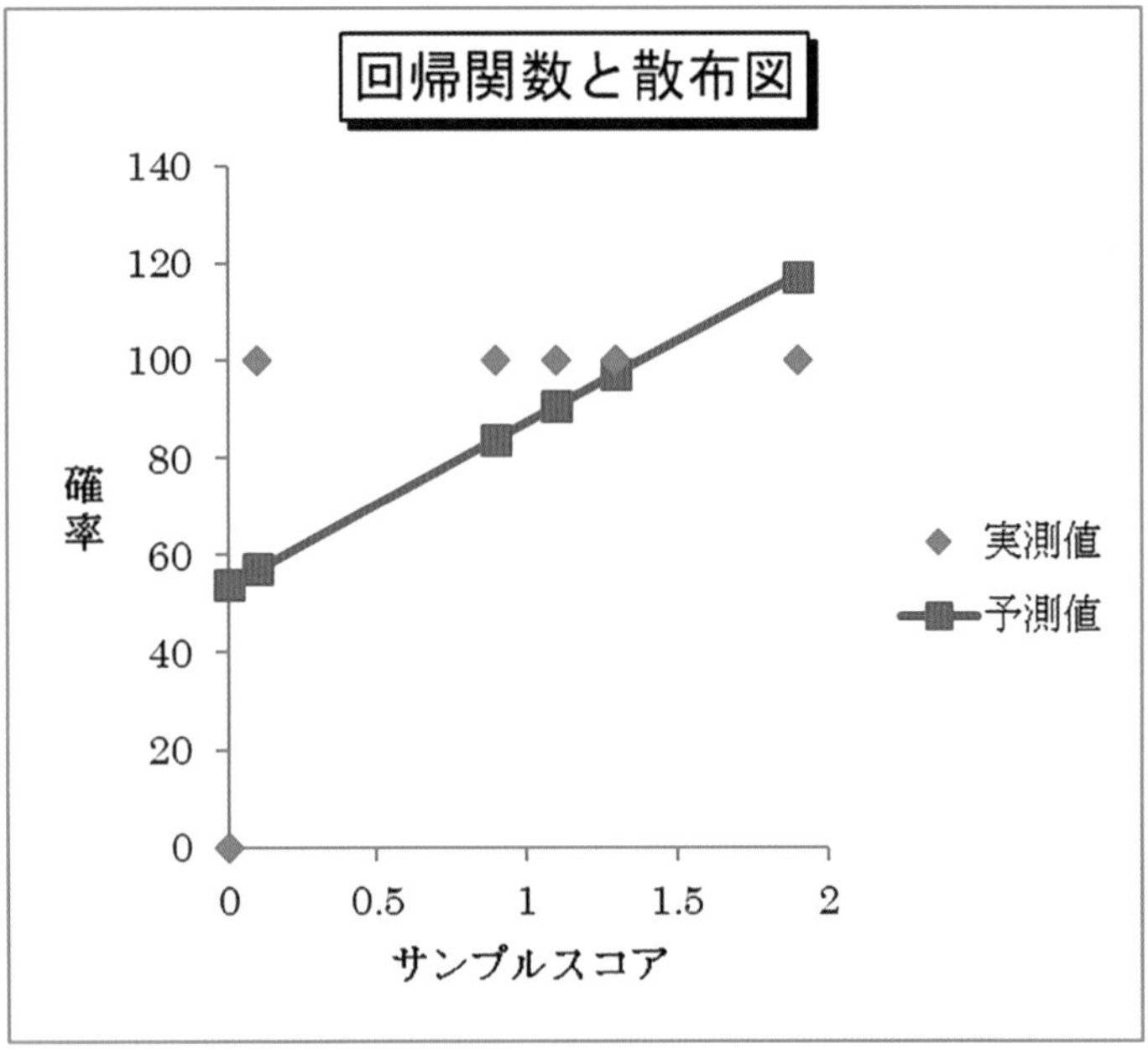

図４　単回帰分析による予測（確率法）：異なる群

行ってみた。
表12と比較した結果、確率は異なってくることが分かる。

(5)「数量化2類」のまとめ。
数量化2類による統計データ分析を行った。『炭俵』3巻と似ているか調査した。すなわち、『猿蓑』3巻と『曠野』1巻は似ている。『冬の日』5巻『ひさご』1巻『炭俵』3巻は異なるとする。そして『続猿蓑』3巻は「わからない」として、「予測」を行った。

相関比＝0・82なので、外的基準は比較的よく判別されていた。

『炭俵』3巻に似ているのは、古典の援用が多く、ユーモアが少なく、オノマトペが多く、風景の話題が少ない巻であることが分かった。「風景」の話題が最も影響する。

カテゴリースコアから、関係式を得た。

予測は、三つの方法で行った。

『続猿蓑』は、『炭俵』と異なる。しかし、違いが曖昧な巻もあった。予測確率は、91%〜93%だった。

以上のことが分かった。

3 数量化3類による考察

第3章では、数量化3類を用いた結果を再掲する。

すなわち、第一論文（第三部）で述べたように、『続猿蓑』の俳諧七部集における位置付けを数量化3類の散布図に図式化した。(5) 似ているものの近似性を直観的に把握する。第2章の「予測」をここで検証する。

「古典の援用・ユーモア・オノマトペの三点と風景・日常生活の話題」に関して、数量化3類による統計データ分析を行う。

表2が基本となる。

表２　古典の援用・ユーモア・オノマトペの三点と、風景・日常生活の話題に関する数量化３類のためのカテゴリーデータを示す表

		似ているか	古典の援用	ユーモア	オノマトペ	風景	日常生活
『冬の日』１		1	3	2	2	3	1
『冬の日』２		1	2	1	2	3	2
『冬の日』３		1	2	1	1	3	1
『冬の日』４		1	3	2	1	2	2
『冬の日』５		1	3	1	1	3	1
『曠野』１		2	3	1	1	1	3
『ひさご』１		1	2	2	1	1	3
『猿蓑』１		2	3	2	2	2	3
『猿蓑』２		2	2	2	2	1	3
『猿蓑』３		2	2	1	2	2	2
『炭俵』１		1	1	2	2	1	3
『炭俵』２		1	1	2	1	2	2
『炭俵』３		1	1	2	1	1	2
『続猿蓑』１		3	1	1	2	1	3
『続猿蓑』２		3	1	1	1	2	2
『続猿蓑』３		3	1	1	1	2	3
回答	1	似ている	頻度０～１	頻度０～１	頻度０	頻度１～８	頻度１～８
	2	異なる	頻度２～４	頻度２～３	頻度１～３	頻度９～14	頻度９～15
	3	わからない	頻度５～７			頻度15～22	頻度16～22
		目的変数	説明変数	説明変数	説明変数	説明変数	説明変数

「入力データ」

この16巻の入力データ（説明変数のみ）を、統計ソフトにインプットする（表14）。

数量化2類と異なり、数量化3類では、16巻のデータをインプットすることに注意。ここから、16巻の散布図が得られる。

その結果、次のようになった（表15、図5～図7）。

第1軸は、日常生活の話題で多く、古典の援用や風景の話題で少ない。

第2軸は、風景の話題で多く、古典の援用で少ない。

表14　入力データ（数量化3類）

	古典の援用	ユーモア	オノマトペ	風景	日常生活
1	3	2	2	3	1
2	2	1	2	3	2
3	2	1	1	3	1
4	3	2	1	2	2
5	3	1	1	3	1
6	3	1	1	1	3
7	2	2	1	1	3
8	3	2	2	2	3
9	2	2	2	1	3
10	2	1	2	2	2
11	1	2	2	1	3
12	1	2	1	2	2
13	1	2	1	1	2
14	1	1	2	1	3
15	1	1	1	2	2
16	1	1	1	2	3

表15　数量化３類の結果

	第１軸	第２軸
固有値	0.051309	0.025517
カテゴリー数量		
古典の援用	−1.12819	−1.476
ユーモア	0.560105	−0.51167
オノマトペ	0.282874	0.757213
風景	−1.007168	1.343971
日常生活	1.340596	−0.10363

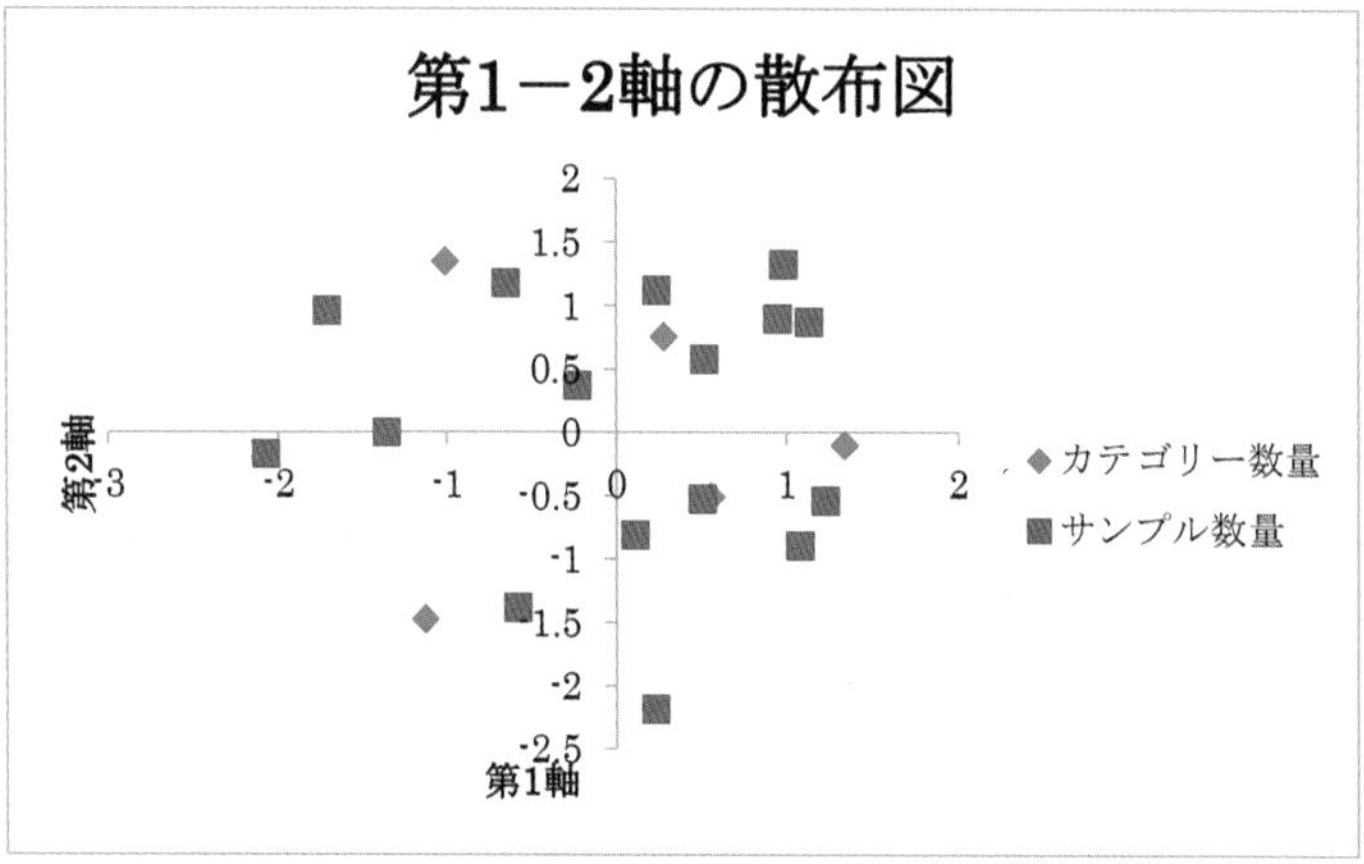

図５　数量化３類による第１－２軸の散布図

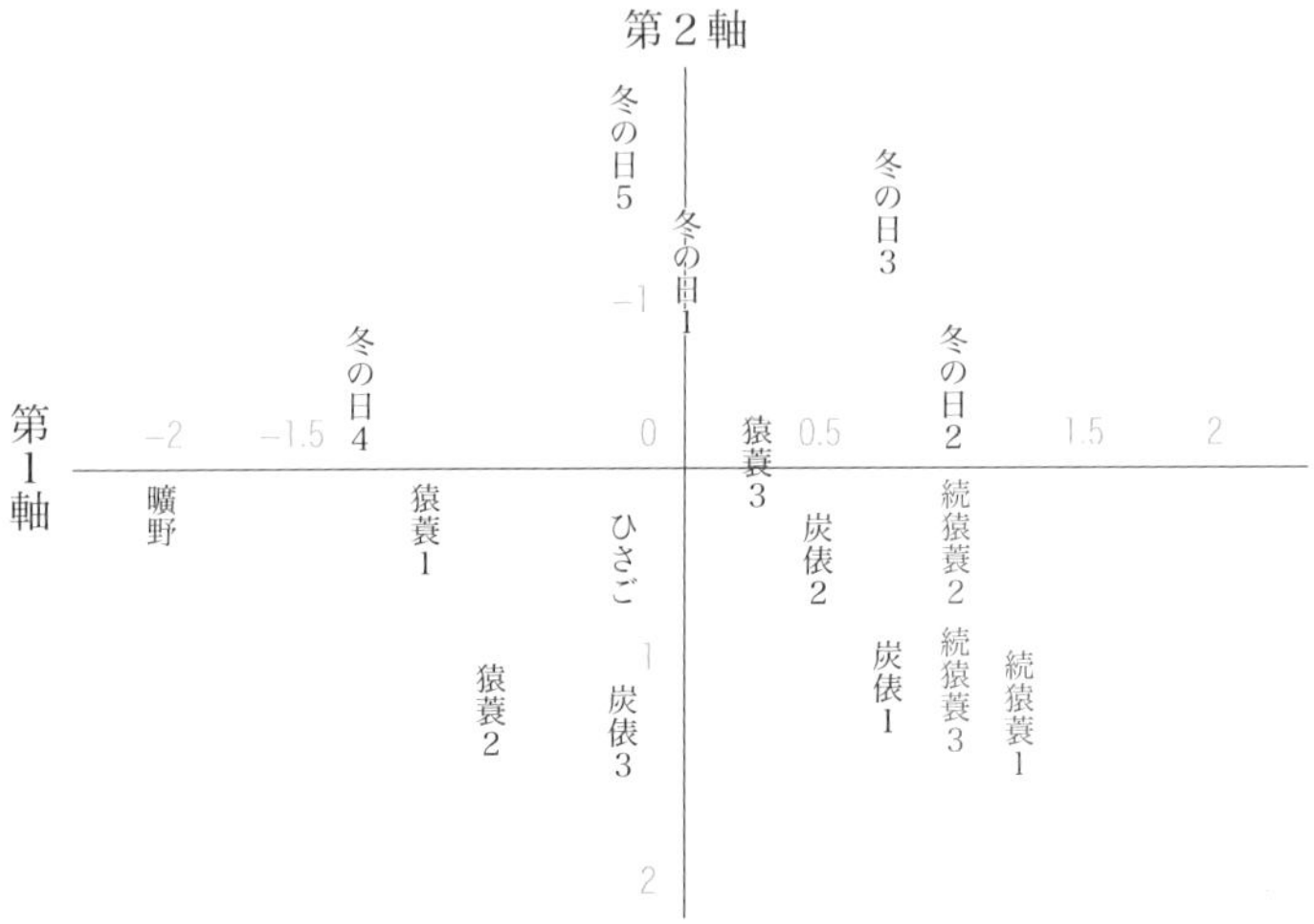

図６　数量化３類　サンプル数量散布図の詳細

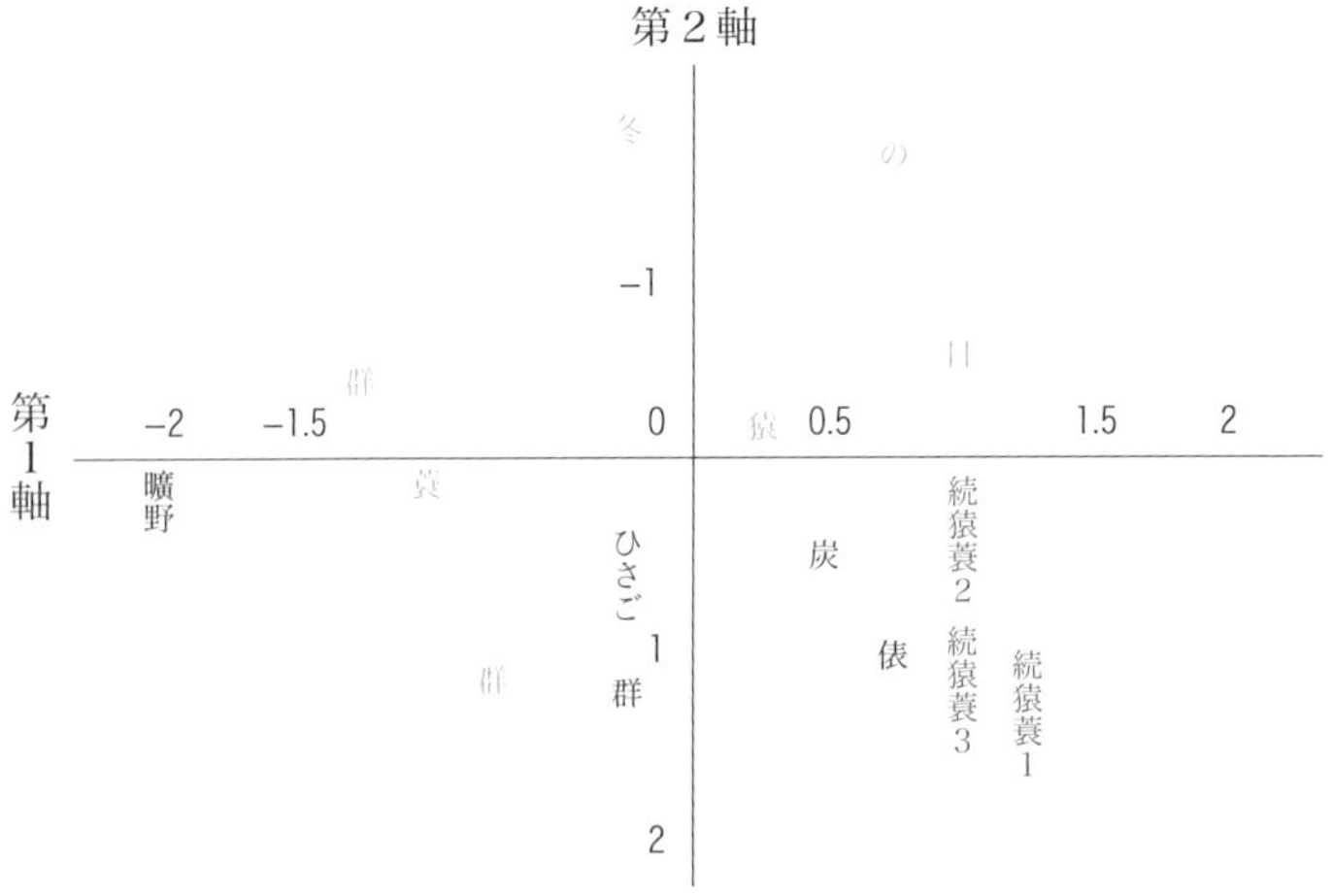

図７　数量化３類　サンプル数量散布図の模式図

図5〜図7より、以下のことが分かった。『続猿蓑』は、『炭俵』とは離れたところにプロットされた。しかし、かなり近い巻もある。


この場合は、『続猿蓑』1が、特に離れている。

筆者は研究する項目を変えてみて、様々な数量化3類分析も行った。

その結果、特に離れている巻は、分析の方法により異なってくることも分かった。

詳しくは、『芭蕉連句の英語訳と解説』に関する別の論考において、詳述したいと思う。


以上の結果から、『続猿蓑』は『炭俵』とは異なること、かなり近い巻もあることが実証された。

以上の結果から、『続猿蓑』には『炭俵』とはっきり異なる巻と、サンプルスコアが小さく違いの曖昧な巻が、「混在」している。

はっきり異なる巻は、分析の方法という、いわば多様体の切断面によって変わってくることも今回の研究で分かった。

そのため、今までは『続猿蓑』の評価が分かれる事態となっていたと考えられる。

これらは、本研究によって初めて明らかになった事項である。

4 考察

最後に、典型的な具体例を示して説明する。また、『続猿蓑』の製作過程に関して、考察を述べる。

(1)『炭俵』に類似したユーモラスな句

『炭俵』の特徴としてユーモアが随所にみられる。これを、筆者は修士論文（第三部）で示した。『炭俵』に類似したユーモラスな句として、『続猿蓑』の巻頭歌仙「八九間の巻」における里圃の句が挙げられる。(6)

6・2・9「いづくへか後は沙汰なき甥坊主」里圃

Izuku-eka, ato-wa sata naki, oi bouzu. By Riho

（英訳）
Don't hit me over the head so many times. It was a note that nephew bonze left behind. He vanished into thin air, and uncle bonze has not heard from him since.

（反訳）「おれの頭をそんなにぶつな」／甥の坊主が残した書き置きだった／彼はどこかへ蒸発してしまった／叔父の禅坊主には、その後、彼から何の便りもない

前句は「笹の小道の奥にある山庵の門には《頭御用心》という貼り札がある」だった。その前句の意味をすっかり変えて付けた取成付けである。若い甥坊主が叔父の禅坊主のもとで修行していたが、座禅中少しでも気が緩むとすぐに三十棒が飛んで来る。あまりの厳しさに堪りかねて、寺から失踪してしまった。その後は、何の便りもない、という句である。

前句とあいまって、ユーモラスな句と言われている。太田水穂は「はたらきのある附である。芭蕉が手をとって附けてくれたのではなかろうか。」と評した。

⑵ 古典を援用している句

また、俳諧七部集全体を通して、古典の援用が見られる。その典型例として、『続猿蓑』の巻頭歌仙「八九間の巻」における重要な芭蕉の発句を挙げておく(7)。

6・1・1「八九間空で雨降る柳かな」芭蕉

Hachi ku ken, sora-de ame furu, yanagi-kana. By Basho

（英訳）

A big willow tree stands tall at 15 or 16 meters high.
We stay dry in the shelter of its leafy shade.
Rain seems to only fall from the sky directly above the tree.

（反訳）柳の巨木／高さは15か16メートルである／その木陰では濡れることがない／
その木の上の空だけで雨が降るようである

ずば抜けて大きな柳の木が、この発句の中心である。高さを八九間としている。これは陶淵明の詩「帰園田居」にある言葉によっている。すなわち「方宅十余畝、草屋八九間、楡柳蔭後簷、桃李羅堂前」（古文真宝前集）による。

支考の『梟日記』（元禄12年刊）によると、かつて芭蕉は京の大仏（方広寺）あたりでこのような柳を見かけた。後日それを句にしたのだと、自ら語ったそうである。

多くの注解書では、別の解釈をしている。すなわち「降りみ降らずみの春雨である。空には降っているとは見えない。しっとりと濡れた柳の糸により、わずかに雨の気配が感じられる。八九間の柳の高さだけが、雨の存在を示すものである」と解釈する。幸田露伴などの解釈も同様である。雨の降り方を重視している。

しかし、柳の木そのものを句の眼目とみた解釈が妥当ではないかと、筆者は考えている。「その木陰では雨を感じない。その巨木よりも上の空でのみ雨が降っているようだ」という解釈の方が、自然であると思われたからである。

この他にもう一つ、通説がある。「雨の後、柳のしずくだけが雨の名残をとどめている」という解釈もある。

この芭蕉の発句は舌足らずであるため、様々な解釈が可能である。

(3) なぜ『続猿蓑』は完成度の低い作品となったか？

ここからは、考察を詳しく述べる。

(1) 『続猿蓑』は、追悼集である。それまで芭蕉は、書物を出版する前に、弟子の名前が付与された句も含めて、全体的に「添削」をして、また「推敲」作業も行っていたと考えられる。

証拠は、二点ある。[8]

第一に、まず『続猿蓑』「八九間の巻」には、芭蕉真蹟（自筆）の草稿が伊勢四日市の旧家鈴木家に伝来している。その模刻本『八九間雨柳』も刊行されている（文化8年鈴木李東撰、および、大正15年鈴木廉平撰のもの前後二種）。

この草稿には、原句（初案）に芭蕉自筆の「添削」（再案）が多くみられる。

それでもなお、『続猿蓑』とはかなり句形の異同がある。

作者の入れ替わっているところも少なくない。

この草稿は、芭蕉が『続猿蓑』「八九間の巻」を何回か「添削」して全体を見直した、途中経過を示していると考えられる。

第二に、また『猿蓑』「市中の巻」には芭蕉真蹟（自筆）の草稿が巻子本となって現存する（伊賀上野芭蕉翁記念館蔵）。

『猿蓑』所載の本文とは字句の異同がある。

これは、何回か芭蕉が「推敲」した途中経過と推測される。

常識的に考えれば、本を出版する前に師匠が、弟子の句も含めて全体を何回か見直すことは、あり得る話である。

(2)　芭蕉の追悼集となった『続猿蓑』は、芭蕉の添削・推敲作業が不十分だったと推測される。

一部は、芭蕉の助言で改変された句もあるだろう。

第4章の(1)で述べた『炭俵』に類似したユーモラスな句が、そのような例であると思われる。

このような改変作業は、『去来抄』にその具体的な様子が描かれている。

また、先に述べた芭蕉真蹟（自筆）の草稿から、『続猿蓑』「八九間の巻」は、ある程度、芭蕉の添削が入っていると考えられる。

しかしながら、芭蕉の追悼集である『続猿蓑』の場合、出版前の添削・推敲作業は「十分に」行われなかっただろうと推測される。
そのため、『続猿蓑』は完成度の低い作品になってしまったと考えられる。

(3) このように考えると、今後は芭蕉の連句を読む際に、見方を変える必要があるだろう。芭蕉が参加している連句は、弟子の名前が付与された句も含めて、全体的に芭蕉の作品と言えるのではないかと思われる。

以上、『続猿蓑』の製作過程に関して、詳しい考察を述べた。

5 まとめ

先行研究で筆者は「数量化3類」を用いた芭蕉連句の統計データ分析を行った。この論文では「数量化2類」を使用した。特に俳諧七部集『続猿蓑』は『炭俵』と似ているか？ という問題を検討した。『続猿蓑』は、今まで評価が分かれていた。

(1) まず、新しい試みとして、数量化2類による統計データ分析を行った。『続猿蓑』

は『炭俵』と似ているか調査した。すなわち、『猿蓑』3巻と『曠野』1巻は似ている。『冬の日』5巻『ひさご』1巻『炭俵』3巻は異なるとする。そして『続猿蓑』3巻は「わからない」として、「予測」を行った。相関比＝0・82なので、外的基準は比較的よく判別されていた。『炭俵』3巻に似ているのは、古典の援用が多く、ユーモアが少なく、オノマトペが多く、風景の話題が少ない巻であることが分かった。「風景」の話題が最も影響する。カテゴリースコアから、関係式を得た。予測は、三つの方法で行った。『続猿蓑』は、『炭俵』と異なる。しかし、違いが曖昧な巻もあった。予測確率は、91％～93％だった。

(2)

さらに、数量化3類の分析も行った。『続猿蓑』は、『炭俵』とは離れたところにプロットされた。しかし、かなり近い巻もある。その結果から、『続猿蓑』は『炭俵』とは異なること、かなり近い巻もあることが実証された。

以上の結果から、『続猿蓑』には『炭俵』とはっきり異なる巻と、サンプルスコアが小さく違いの曖昧な巻が、「混在」している。

はっきり異なる巻は、分析の方法という、いわば多様体の切断面によって変わってくることも今回の研究で分かった。

そのため、今までは『続猿蓑』の評価が分かれる事態となっていたと考えられる。
これらは、本研究によって初めて明らかになった。

(3) 最後に『続猿蓑』の連句について、『炭俵』に類似したユーモラスな句、古典を援用している句を挙げた。また芭蕉の追悼集である『続猿蓑』は、芭蕉の添削・推敲作業が不十分だったため、完成度の低い作品になったという考察を述べた。

今後の方向性としては「芭蕉連句の英語訳と解説」を、まとめてみたいと考えている。

〈注〉

(1) 幸田露伴『評釈続猿蓑』16頁参照。これは『評釈芭蕉七部集』(岩波書店、1983年)に含まれる。七分冊のうちの一冊である。
なお幸田露伴は晩年、30年余りをかけて画期的な芭蕉研究を行った。露伴以降を新注、それ以前は旧注と呼ばれている。

(2) ここでは、ロジックを確認しておく。

これまでの研究で、字数の関係で詳述はできないが、以下の点が分かっている。
①『曠野』は、『冬の日』と異なる。
②『ひさご』は、『冬の日』と似ている。
③『炭俵』は、『猿蓑』と異なる。
ここで、
④『曠野』は『猿蓑』と似ていることを、一種の補助線として挿入する（これは図表から明らかである）。
すると、
『曠野』は『猿蓑』と似ていることから、『猿蓑』は『曠野』と似ている
『曠野』と『冬の日』は異なることから、『猿蓑』は『冬の日』と異なる
『ひさご』は『冬の日』と似ていることから、『猿蓑』は『ひさご』と異なる
『炭俵』は『猿蓑』と異なることから、『猿蓑』は『炭俵』と異なる
となる。
以上をまとめると、全体の構造は、
『猿蓑』と似ているもの：『曠野』
『猿蓑』と異なるもの：『冬の日』・『ひさご』・『炭俵』
と言える。
このような考察から、

『猿蓑』3巻と『曠野』1巻は似ている。
『冬の日』5巻『ひさご』1巻『炭俵』3巻は異なるとする。
そして『続猿蓑』3巻は「わからない」として、
数量化2類の検討を行った。
以上、ロジックを確認した。

(3) 以下の論述は、次の記述を参考にした。
「多変量解析の手法別解説　数量化2類」統計分析研究所、株式会社アイスタット、ウェブサイト（2021年）

(4) 統計ソフトは、柳井久江『エクセル統計―実用多変量解析編―』（オーエムエス出版、2005年）付録「アドインソフトMulcel」を使用した。
なお、本研究では、計量文献学・計量言語学と呼ばれている学問分野とは、異なるアプローチを行った。以下の文献も参照。村上征勝、金明哲、土山玄、上阪彩香『計量文献学の射程』（勉誠出版、2016年）、伊藤雅光『計量言語学入門』（大修館書店、2009年）

(5) 伊藤和光「芭蕉連句の統計データ分析(1)―数量化3類による俳諧七部集の比較―」（『日本文学の統計データ分析』に収録）

(6) 伊藤正雄『俳諧七部集　芭蕉連句全解』（河出書房新社、1976年）357～358頁

(7) 同書　351～353頁

(8) 同書　351頁、254頁

あとがき

筆者は、病院に週5日勤務しながら、休日などに日本文学の勉強を続けてきました。

本書は、日本文学に関する筆者の「論文集」です。すなわち、その中で俵万智と現代日本文化、谷川俊太郎と日本の詩歌、および、芭蕉連句の統計データ分析などに関して、論述しています。合計4本の論文を、1冊にまとめました。いずれも、未発表の原稿です。

今後は、『芭蕉連句の英訳と統計学的研究』に関する研究を、本にまとめたいと考えています。

伊藤　和光（いとう　かずみつ）

1995年　東京大学医学部卒業
2022年　放送大学大学院修士課程修了（日本文学専攻）
著書に『芭蕉連句の英訳と統計学的研究』（近刊）など。

日本文学の統計データ分析

2024年5月21日　初版第1刷発行

著　　者　伊藤和光
発 行 者　中田典昭
発 行 所　東京図書出版
発行発売　株式会社 リフレ出版
〒112-0001　東京都文京区白山 5-4-1-2F
電話（03）6772-7906　FAX 0120-41-8080
印　　刷　株式会社 ブレイン

ISBN978-4-86641-753-0 C0095
Printed in Japan 2024